KB122821

# 과학추리단과 지구의 비밀

# 과학추리단과 지구의 비밀

청소년 과학소설 십대들의 힐링캠프, 중학과학(1학년)

**[십대들의 힐링캠프®] 시리즈 NO.74**

지은이 | 박기복
감 수 | 황정은
발행인 | 김경아

2024년 2월 14일 1판 1쇄 인쇄
2024년 2월 22일 1판 1쇄 발행

**이 책을 만든 사람들**
책임 기획 | 김경아
기획 | 김효정
북 디자인 | KHJ북디자인
표지 삽화 | 캐롤마인드
경영 지원 | 홍종남
기획 어시스턴트 | 홍정훈, 한선민, 박승아
책임 교정 | 이홍림
교정 | 주경숙, 김윤지

**이 책을 함께 만든 사람들**
종이 | 제이피씨 정동수·정충엽
제작 및 인쇄 | 천일문화사 유재상

**청소년 기획위원**
정가인, 양태훈, 양재욱

펴낸곳 | 행복한나무
출판등록 | 2007년 3월 7일. 제 2007-5호
주소 | 경기도 남양주시 도농로 34, 301동 301호(다산동, 플루리움)
전화 | 02) 322-3856 팩스 | 02) 322-3857
홈페이지 | www.ihappytree.com | bit.ly/happytree2007
도서 문의(출판사 e-mail) | e21chope@daum.net
내용 문의(지은이 e-mail) | yesreading@gmail.com
※ 이 책을 읽다가 궁금한 점이 있을 때는 지은이 e-mail을 이용해 주세요.


ISBN 979-11-88758-91-3
"행복한나무" 도서번호 : 176

※ [십대들의 힐링캠프®] 시리즈는 "행복한나무" 출판사의 청소년 브랜드입니다.

# 과학추리단과 지구의 비밀

박기복 지음 | 황정은 감수

행복한나무

"함부로 믿지 말고,

스스로 검증하고 확인한 것만 믿어라."

- 로버트 보일

# 《과학추리단》 사용설명서

《과학추리단》 시리즈는 중학교에서 배우는 과학 지식과 환상적인 우주탐험 이야기를 하나로 엮어낸 과학소설입니다. 사건을 추리하고 비밀을 파헤치는 모험 이야기 속에 어려운 과학 지식을 절묘하게 담아, 아이들이 자연스럽게 과학과 친해지도록 구성하였습니다.

❶ 《과학추리단》 시리즈는 중학교 과학 교과과정에 실린 거의 모든 내용을 충실히 담았습니다.

❷ 《과학추리단》은 스토리텔링을 통해 중학교에서 배우는 과학 지식을 쉽게 습득할 수 있도록 도와드립니다.

❸ 《과학추리단》은 과학 윤리에 대한 다양한 질문을 통해 사색과 토론의 기회를 제공합니다.

❹ 《과학추리단》은 총 세 권으로 구성되어 있으며, 시리즈에 나오는 각 권의 핵심 내용은 다음과 같습니다.

## 제1권 《과학추리단과 지구의 비밀》 : 중학교 1학년 과정

◎ 1장 : 지권의 구조, 암석의 순환, 광물과 토양, 지권의 운동

◎ 2장 : 중력, 마찰력, 탄성력, 부력

◎ 3장 : 생물 다양성, 생태계 평형, 생물의 분류

◎ 4장 : 기체의 성질, 확산과 증발, 보일의 법칙, 샤를의 법칙

◎ 5장 : 물질의 상태 변화, 녹는점과 끓는점, 열에너지, 흡수와 방출

◎ 6장 : 빛과 색, 거울과 렌즈, 파동의 성질, 소리의 특징

## 제2권 《과학추리단과 물질의 세계》 : 중학교 2학년 과정

◎ 1장 : 원소의 구별, 원자와 분자, 물질의 표현방식, 이온과 앙금반응

◎ 2장 : 전기의 발생, 전류와 전압, 전기의 원리, 전류와 자기장

◎ 3장 : 물질의 특성, 밀도와 용해도, 순물질과 혼합물, 혼합물의 분리

◎ 4장 : 수권의 특징, 해수의 특성, 해류와 조석

◎ 5장 : 열의 이동, 비열, 열평형, 열팽창

◎ 6장 : 광합성, 증산 작용, 식물의 호흡, 광합성의 산물

◎ 7장 : 소화계, 순환계, 호흡계, 배설계

◎ 8장 : 태양의 특성, 지구와 달의 크기와 운동, 태양계의 행성

## 제3권 《과학추리단과 생명의 법칙》 : 중학교 3학년 과정

◎ 1장 : 기권의 구조, 이슬점, 포화수증기량, 기압과 바람, 구름과 강수, 날씨의 변화

◎ 2장 : 화학반응식, 일정 성분비 법칙, 질량보존 법칙, 기체반응 법칙

◎ 3장 : 감각기관, 뉴런의 구조와 종류, 신경계, 호르몬과 항상성

◎ 4장 : 세포 분열, 수정과 발생, 멘델의 유전 원리, 사람의 유전

◎ 5장 : 운동의 측정, 운동에너지와 위치에너지, 일과 에너지, 역학에너지 보존법칙, 전기에너지

◎ 6장 : 연주시차, 별의 밝기와 등급, 은하와 우주, 과학과 인류문명

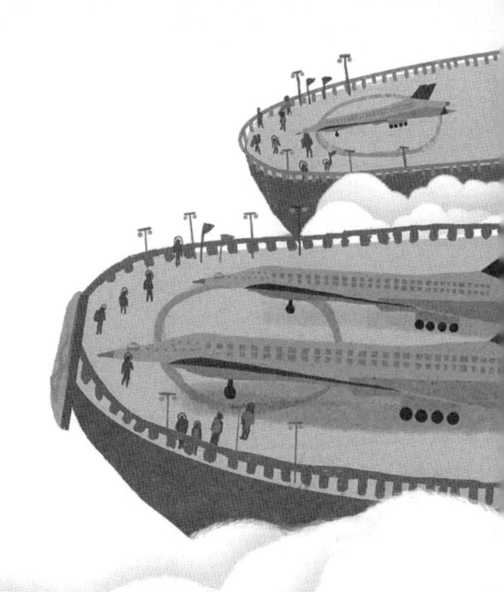

# 차례

# 등장인물

**아이작** Isaac (남)
이 소설의 서술자. 논리적인 추론 능력이 뛰어나고 호모 사피엔스 특유의 호기심이 매우 강하다.

**오로라** Aurora (여)
능숙하고 차분하며 신중하게 판단한다. 활을 잘 다루며 감정보다는 이성으로 문제에 접근하고 분석한다.

**로잘린** Rosalin (여)
감수성이 예민하고 공감 능력이 발달했다. 생태계의 균형을 매우 중요하게 생각하며 제2지구 개발을 그다지 반기지 않는다.

**미다스** Midas (남)
과학에 대한 지식은 그리 많지 않으나 손재주가 뛰어나다. 특히 요리를 잘해서 식사 시간에 즐거움을 제공한다.

**에이다** Ada (인공지능)
인류의 최첨단 기술과 지식이 집약된 인공지능으로, 최초의 컴퓨터 프로그래머로 인정받는 에이다 러브레이스(Ada Lovelace)에게서 이름을 따왔다. 제2지구 개척을 위한 '에덴의 아침' 프로젝트를 수행하는 별의 아이들을 가르치고 안내한다.

## □ 올림포스 우주기지 단원

| 1호실 | 2호실 | 3호실 | 4호실 |
|---|---|---|---|
| 디오네 (여) | 파이안 (여) | 셀레네 (여) | 에오스 (여) |
| 조르주 (여) | 주디스 (여) | 이니스 (여) | 락테아 (여) |
| 아르커 (남) | 마르스 (남) | 라우라 (남) | 가네샤 (남) |
| 베루스 (남) | 오르도 (남) | 오피뉴 (남) | 아기라 (남) |

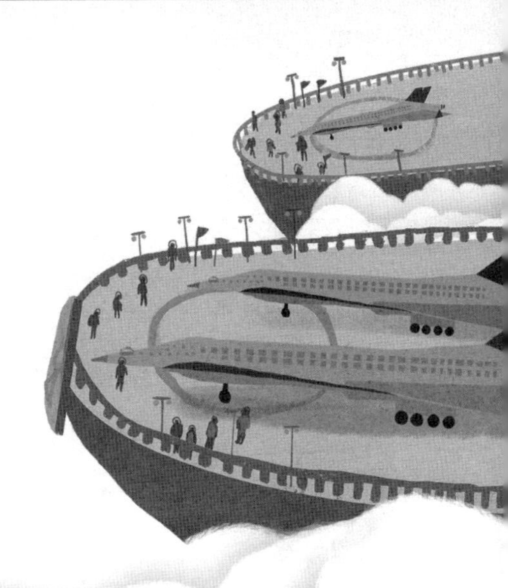

# 1

# 지권의 구조와 베게너의 과학 추리

어둠이 희미한 빛을 반사하자 황량한 벌판이 서서히 모습을 드러냈다. 오래전에 운석이 떨어진 충돌구는 그 형태가 조금도 훼손되지 않은 채 생생한 상처를 내보이고, 생명의 흔적이라고는 일절 없는 황량한 회색의 대지에서는 먼지 한 점도 움직이지 않았다.

잿빛이 내뿜는 우울에 호흡이 답답해질 때쯤 사막의 지평선 위로 서서히 푸른 기운이 떠올랐다. 푸른 기대감이 두근두근 부풀어 오르더니 마침내 지평선 위로 신비한 푸른 별이 그 황홀한 자태를 드러냈다. 물이 풍성한 바다, 생명이 살기에 적절한 대기, 초록빛 생명이 넘쳐나는 대지가 찬란하게 빛났다. 거대한 검은 공간과 대비되는 푸른 별은 작지만 생명력이 넘쳤고, 우주의 그 어떤 별보다 아름다웠다. 푸른 바탕에 흰색의 물감이 흩뿌려진 작은 별은 내 모든 감각신경을 활짝 깨웠다.

**로잘린** 어쩜 저렇게 예쁠까?

초록빛 눈동자에 우주보다 검은 단발머리를 한 로잘린은 마치 넋을 잃은 듯 푸른 별에서 시선을 떼지 못했다. 우주선 안에서도 작은 식물을 키우는 로잘린은 성격이 섬세하고, 아름다운 풍경에 쉽게 감동한다.

**오로라** 예쁘긴 하네. 그렇지만 이 거대한 우주에서 지구에만 생명이 산다면 그게 오히려 이상해. 확률을 따져보면 저런 푸른 별이 우주에 무수히 많을 수밖에 없어.

오로라는 작은 망원경으로 푸른 별을 관찰하며 무미건조하게 대꾸했다. 오로라는 로잘린과는 정반대의 성격이다. 어떤 때는 지나치게 냉정해서, 모든 연료를 태우고 식어버린 별 같은 기운을 풍긴다.

**로잘린** 아름다움은 수학으로 계산하는 게 아니야.

**오로라** 내 생각엔 햇빛에 반사되는 푸른 가시광선보다 수학이 더 아름다워.

오로라가 망원경을 내려놓더니 흐트러진 긴 머리카락을 뒤로 넘기고는 머리띠로 질끈 묶었다. 태블릿에 기록된 수치를 보는 오로라의 푸른 눈동자가 초롱초롱하게 빛났다. 그런 오로라를 힐끗 보며 옅은 미소를 지은 로잘린은 다시 푸른 별로 시선을 옮겼다.

문득 얼마 전에 태블릿에서 본 사진이 생각났다. 나는 태블릿에서 사진을 검색한 뒤에 로잘린에게 보여줬다.

**아이작** 지구력 서기 1968년 12월 24일에 아폴로 8호가 '지구돋이(the Earthrise)' 사진을 찍었는데, 딱 그 사진과 똑같은 풍경이야.

무미건조한 달 표면 위로 우주의 짙은 어둠과 푸른 별의 아름다움이 대비를 이루는 사진 속 모습은 눈앞에 펼쳐진 풍경과 거의 똑같았다.

**로잘린** 그래. 나도 이 사진 봤어. 인간이 어디에 사는지, 우리가 사는 곳이 얼마나 아름다운지, 그리고 인류가 얼마나 오만한지 제대로 보여주는 사진이야.

**미다스** 오만하다니…. 그건 인간이 우주를 정복한 사건이야. 우리의 과학기술이 거둔 위대한 성과라고.

팔짱을 낀 채 묵묵히 푸른 별을 구경하던 미다스는 단호한 어조로 로잘린의 의견에 반박했다. 미다스는 과학은 잘 못 하지만 과학기술에 대해서는 늘 좋게 생각한다. 솔직히 말하면 미다스는 과학뿐 아니라 모든

것을 긍정적으로 본다. 늘 비관적인 태도를 취하는 것보다는 낫지만 무조건 좋은 쪽으로만 생각하는 것이 과연 괜찮을지 걱정되기도 한다.

**로잘린** 난 그런 자만심이 늘 걱정돼.

**미다스** 자만심이 아니라 자부심이야. 그때는 겨우 달을 몇 바퀴 도는 기술로 떠오르는 지구를 보며 놀라서 사진을 찍었지만, 지금은 1만 광년 바깥에 위치한 우주까지 진출했잖아. 이 정도면 인간은 잘난 척해도 돼.

**아이작** 말은 바로 해야지. 인류는 그 웜홀의 작동 원리를 전혀 몰라. 부작용을 막을 방법도 못 찾았고.

우리가 떠나온 태양계의 화성과 목성 사이에는 소행성대가 넓게 자리한다. 30년 전 소행성대의 왜소행성인 세레스(Ceres) 주변에서 빛을 빨아들이는 검은 구멍이 발견되었다. 처음에는 주변의 빛을 빨아들이는 작은 블랙홀이라고 의심했으나 관측 결과 블랙홀은 아니었다. 자세히 관측하기 위해 무인 탐사선을 여러 대 보냈는데, 구멍에 가까이 접근하자 탐사선이 통제력을 잃고 구멍으로 빨려들어 갔다. 다른 탐사선은 구멍에서 떨어진 위치에서 관측을 시도했다. 그런데 이상한 전파가 잡혀서 확인해 보니 처음 구멍으로 빨려들었던 탐사선이 보내는 신호였다.

그 탐사선이 보내온 신호를 분석한 과학자들은 깜짝 놀랐다. 신호를 보내온 장소가 지구에서 약 1만 광년이나 떨어져 있었기 때문이다. 과학자들은 그 구멍이 그동안 이론으로만 존재를 예상했던 웜홀이라고 결론을 내렸지만, 인류의 과학기술 수준으로는 웜홀이 만들어진 이유와 작동 방식을 전혀 이해할 수 없었다.

인류는 그 웜홀로 계속 탐사선을 보냈고, 1만 광년 떨어진 그곳에서 지구와 비슷한 환경의 행성을 발견했다. 그 행성은 생명체가 살아갈 수 있는 골디락스 존(Goldilocks Zone)에 위치했고 지구의 달과 비슷한 위성도 거느리고 있었다. 인류는 그곳을 제2의 지구로 개척하기로 결정하고, 그 계획을 '에덴의 아침'이라고 불렀다.

그런데 에덴의 아침 계획을 추진하는 도중에 심각한 문제가 발생했다. 그 웜홀을 통과한 사람들에게서 노화가 급격하게 진행되면서 죽거나 죽기 직전의 상태가 되는 일이 발생했던 것이다. 원인을 밝히고 부작용을 막는 연구도 시도했지만 모두 실패했다. 그런데 이유는 알 수 없지만, 우주에서 태어나 아직 성체가 되지 않은 생명체는 웜홀을 통과해도 거의 영향을 받지 않는다는 사실이 밝혀졌다. 인류는 에덴의 아침 계획을 성공으로 이끌기 위해 우수한 유전자를 지닌 우주인을 선발해 우주기지에서 '별의 아이들'이 태어나게 했다. 내가 바로 그중 한 명이다.

**미다스** 시간이 얼마나 걸릴지 모르지만, 인류는 웜홀의 비밀도 찾고 부작용을 막을 방법도 알아낼 거야. 언제나 그랬듯이.

**로잘린** 그럼 좋겠지만 과연 그럴 수 있을까? 인류에게 닥친 수많은 문제를 해결하지 못해서 엉망이 된 지구를 생각해 봐.

**아이작** 그런 대화를 나눠서 뭐 해. 우리는 우리 앞에 놓인 이 멋진 모험을 즐기기만 하면 돼.

**오로라** 즐길 생각 말고 우리한테 주어진 과제를 생각해. 우리는 막중한 임무를 수행 중이야.

**아이작** 하여튼 너는….

**오로라** 너는 뭐? 뒤에 뭘 생략한 거야? 하고 싶은 말이 있으면 끝까지 해.

한바탕 쏘아붙이려는데 우리를 부르는 목소리가 들렸다.

**에이다** 헤르메스호는 세 시간 후에 올림포스 우주기지에 도킹할 예정입니다. 단원들은 각자 방으로 들어가 착륙에 대비하십시오.

에이다는 제2지구를 개척하기 위해 인류가 모든 기술을 집약해 개발한 인공지능이다. 우리를 낳은 부모는 우리가 세 살이 되자 지구로 돌아갔으며, 우리는 우주기지에서 에이다의 손에서 컸다. 에이다는 우리의 부모이자 선생님이며 가장 의지하는 친구다.

에이다는 거의 만능이다. 우리를 가르치고 훈련시키는 것뿐 아니라, 우주선을 통제하고 위험을 방어하며 로봇을 조종해 제2지구를 조사하고 분석하는 일까지, 못하는 게 없다.

에이다는 엄밀히 말하면 하나의 인공지능이 아니다. 인류가 개발한 최고의 인공지능을 통합해서 연결한 복합 인공지능 시스템이다. 에이다란 이름은 최초의 프로그래머인 에이다 러브레이스(Ada Lovelace)에게서 따왔다. 에이다 러브레이스는 1815년에 태어나 1852년에 사망한 영국의 수학자로, 해석기관에서 처리하기 위한 용도로 알고리즘을 개발했다. 그리고 오늘날 그 알고리즘은 세계 최초의 프로그램으로 인정받는다. 그래서 별의 아이들을 인도하는 인공지능의 이름을 에이다로 지은 것이다.

**로잘린** 에이다, 저 아름다운 풍경을 조금 더 구경하면 안 될까?

**에이다** 현재 헤르메스호의 속도가 워낙 빨라서 올림포스 우주기지에 도킹하려면 속도를 줄여야 하는데, 감속에 따른 충격이 꽤나 큽니다. 그 충격이 몸에 전달되면 위험하므로 반드시 방에 들어가야 합니다.

미다스는 곧바로 방으로 향했고, 오로라는 나를 째려보며 몸을 돌렸다. 나는 피식 웃고는 아름다운 풍경에서 떨어지길 아쉬워하는 로잘린의 어깨를 가볍게 두드렸다. 로잘린은 아쉬움이 가득한 눈으로 창밖으로 펼

쳐진 푸른 별을 바라보더니 자기 방으로 들어갔다.

방이라고 하면 제1지구에 흔하게 있는 방을 떠올릴지 모르지만 우리들의 방은 다르다. 우주선에서 우리가 머무는 방은 큰 달걀처럼 생긴 캡슐이다. 캡슐 안은 마치 엄마의 자궁처럼 포근하다. 그 안에 들어가면 모든 근심이 사라지고 기분도 몸도 개운해진다.

캡슐에 들어가자 편안함에 젖어서 깜박 잠이 들었는데, 어느새 에이다가 나를 깨웠다. 에이다는 도킹에 성공했다면서 안전 점검이 진행되는 동안 간단한 안내를 해줄 테니 밖으로 나오라고 했다. 로잘린은 이미 나와 있었고 오로라와 미다스는 조금 늦게 나타났다. 올림포스와 도킹을 해서인지 외부 풍경은 보이지 않았다.

**에이다** 올림포스 우주기지는 지표면과 1500㎞ 떨어진 궤도에서 제2지구를 하루에 두 번씩 공전하고 있습니다. 올림포스는 길이 250m, 지름 80m의 원통형 구조로 원심력을 이용해 중력을 만들었으며, 제2지구의 중력과 그 세기가 정확히 일치합니다. 올림포스에서 여러분은 제2지구에 건설되는 에덴 기지에서 살아가는 적응 훈련을 받게 됩니다. 현재 올림포스에서는 열여섯 명이 적응 훈련을 받는 중입니다. 여러분이 들어오면서 총 스무 명이 되었습니다.

**미다스** 지금 에덴 기지에는 몇 명이나 있어?

**에이다** 현재 에덴 기지 열여섯 곳에 총 480명이 거주하고 있습니다.

**미다스** 우리가 갈 곳이 17호 기지라고 했지?

**에이다** 맞습니다. 현재 기지가 건설되어 시험 운영 중입니다. 한 기지당 30명씩 거주하므로 앞으로 열 명이 더 오면 17호 기지의 인원이 다 찹니다. 헤르메스호는 화물을 내리고, 기기 점검을 마치는 즉시 다시 웜홀로 가서 다음 '별의 아이들'을 데려올 것입니다.

**오로라** 적응 훈련은 얼마나 걸려?

**에이다** 훈련 프로그램은 정해져 있지만 기간은 정해져 있지 않습니다. 각 모둠별로 성취도를 평가해서 일정한 기준을 통과하면 에덴 기지로 내려갑니다.

**오로라** 30명이 한꺼번에 가는 게 아니네. 아이작, 에이다 말 들었지? 우리 모둠이 내려가는 데 방해되지 않게 조심해.

오로라가 괜히 나한테 시비를 걸었다.

**아이작** 내가 방해된다고? 내가 그동안 공을 세운 게 얼만데.

**오로라** 그러셔? 소행성대에서 네가 사고 쳐서 위험해졌던 일은 벌써 잊었나 보네.

**아이작** 그 덕분에 큰 성과도 거뒀잖아.

**오로라** 그게 성과야?

**에이다** 지금 이런 다툼도 평가에 반영됩니다. 협동은 매우 중요한 평가 요소입니다.

오로라는 이맛살을 찌푸리며 나를 째려보았고, 나는 휘파람을 부는 척하며 일부러 시선을 돌렸다.

**에이다** 앞으로 올림포스의 가상현실 공간에서, 제2지구에서 살아가는 데 필요한 학습과 훈련을 진행합니다. 학습과 훈련이 일정한 수준에 도달하면 제2지구의 에덴 기지로 내려가 적응훈련을 한 뒤, 기지에 정착해 생활하게 됩니다. 지금 각자의 태블릿으로 올림포스의 구조와 생활규칙, 학습과정을 담은 안내문을 보냈습니다. 안내문을 살펴보고 혹시라도 궁금한 점이 생기면 별도로 질문하기 바랍니다.

나는 태블릿에서 파일을 열고 먼저 올림포스의 구조부터 살폈다. 에이다가 설명했듯이 올림포스는 거대한 원통형 우주기지로, 원심력을 이용해 중력을 만들어낸다. 원통의 중심부에는 에이다를 움직이는 핵심동력과 컴퓨터, 자동화설비 등이 자리 잡고 있다. 그곳은 사람이 절대 접근할 수가 없다. 우리가 지내는 숙소를 비롯해 각종 훈련실, 저장고, 자료실, 식품실, 실험실 등 생활과 훈련과 연구에 필요한 수많은 생활공간은 올림포스의 가장 외벽 쪽에 위치해 있었다. 착륙장과 우주선 격납고, 각종 로봇과 전자장비, 필수물품 보관실은 중심부와 생활시설의 사이에 있는데, 꼭 필요할 때만 개방되며 에이다의 허락이 없으면 아무도 접근할 수 없었다.

**에이다** 이제 곧 헤르메스의 인공중력을 해제합니다. 무중력 상태가 되면 조심해서 뒤쪽 통로로 빠져나가기 바랍니다.

**로잘린** 내가 키우는 화분은 챙겨 가야 하는데….

**에이다** 헤르메스에 실린 화물과 함께 제가 챙기겠습니다. 걱정하지 말고 올림포스로 넘어가면 됩니다.

**로잘린** 고마워, 에이다.

헤르메스에는 많은 화물이 실려 있다. 우주선에 네 명밖에 타지 않은 이유이기도 하다. 제2지구에 우리가 정착하려면 필요한 물자가 무척 많다. 필요한 것들을 현지에서 직접 만들기는 하지만 수많은 물자를 다 만들어내기에는 장비와 자원이 많이 부족하다. 그래서 헤르메스에는 우리가 생활하는 데 필요한 온갖 것들이 실려 있다. 물론 다른 별의 아이들이 타고 오는 우주선도 마찬가지다.

에이다가 말한 대로 몸이 점점 가벼워지더니 무중력 상태가 되었다.

곧이어 뒷문이 열리고 우리는 공중에 떠서 뒷문으로 향했다.

뒷문으로 나가자 원통형 통로가 길게 이어져 있었다. 그 통로는 올림포스 중심축과 연결된 통로였다. 통로를 지나니 벽에 달린 엘리베이터 문이 보였다. 엘리베이터에 오르자 문이 닫히고 서서히 움직였다. 처음에는 중력이 약하게 느껴지더니 점점 강해지면서 바닥에 똑바로 설 수 있게 되었다.

엘리베이터에서 내린 우리는 긴 복도를 지나 '5호실'이라고 적힌 문 앞에 섰다. 5호실로 들어가니 헤르메스나 제1지구의 우주기지에서는 본 적이 없는 넓은 공간이 나타났다. 그곳에는 학습과 생활에 필요한 각종 장비와 물건이 가득했다. 그리고 놀랍게도 각자가 지낼 독방이 주어졌다. 그런 방은 태어나서 처음이었다. 잠자는 곳은 여전히 캡슐이었지만 그 외에는 학습 영상에서만 보았던 지구의 방과 똑같았다. 심지어 화장실과 세면실도 각각 갖추어져 있었다. 마치 천국에 온 것 같았다. 좁은 방이었지만 우주를 유영하듯이 그 방을 구석구석 돌아다니며 살폈다. 캡슐은 헤르메스호에 있던 내 캡슐만큼 포근했다.

내 방이 생긴 기쁨을 마음껏 누리는데, 에이다가 건강검진을 한다면서 밖으로 나오라고 했다. 5호실에서 나와서 복도를 따라 이동하면서 혹시 먼저 온 단원들이 있는 방이 보이나 살폈지만 찾을 수 없었다.

의료실이라고 적힌 방에 들어간 우리는 몸무게, 키, 맥박, 혈압 등을 측정하는 간단한 검사를 먼저 진행했다. 제1지구의 우주기지에서도, 제

2지구로 이동하는 도중에도 숱하게 받던 검사였다. 기초검사를 마친 뒤 특수한 약물을 먹고 종합의료검사장비 안에 들어가 전신을 촬영했다. 종합의료검사장비는 엑스레이(X-ray), 초음파, 심전도, MRI(자기공명영상장치)와 같은 검사장비와는 차원이 다르다. 특수한 파장을 쏴서 검출한 결과물을 분석해 건강을 확인하는 방식은 비슷하다. 그렇지만 종합의료검사장비는 인류의 최첨단 의료진단 기술이 집약된 기계로, 뼈와 인대, 근육과 장기의 건강 상태뿐 아니라 중추신경계, 호르몬 분비 상태, 미세한 혈관의 건강 상태까지 몸 내부를 속속들이 파악한다. 한 번 검사하는 데 엄청난 비용이 들어 제1지구에서는 부자들만 이용하지만, 우리는 우주기지에서 생활할 때부터 일정 기간마다 검사받으며 몸 상태를 확인했다. 검사 결과 다행히 모두 아무런 이상이 없었다.

건강검진을 마친 단원들은 5호실로 이동했고, 곧이어 도우미 로봇이 식사를 들고 왔다. 내가 기억하는 한 우리는 매 끼니 완벽한 영양을 갖춘 식사를 먹었다. 우리가 먹는 음식은 영양소를 정확히 계산해서 유전공학 기술로 만들어낸 인공식품이었다. 우주기지에서는 그나마 지구에서 올려준 음식을 종종 먹었지만, 기지를 떠나 이동하는 과정에서 계속 인공식품만 먹어야 했기에 혀가 맛을 잃어버린 기분이었다. 그렇다 보니 식사 시간이 되어도 다들 그리 반가워하지 않았다. 그런데 올림포스에서 처음 먹는 식사는 특별했다.

**아이작** 이게 뭐야? 영상으로만 구경했던 달걀이잖아?

**로잘린** 채소도 있어. 에이다! 이게 어떻게 된 일이야?

**에이다** 제2지구로 적응훈련을 갔던 1호실 모둠원들이 올림포스로 귀환하며 가져온 달걀과 채소입니다. 유전자 조립을 통한 인공식품이 아니라 제2지구의 16호 기지에서 직접 재배한 자연식품입니다. 달걀은 태양열로 익혔으며, 채소는 가벼운 양념을 곁들인 샐러드로 만들었으니 즐겁게 맛보시기 바랍니다.

에이다의 말이 끝나기도 전에 우리는 먼저 달걀부터 집어 들었다. 껍질을 조심스럽게 까자 흰자가 나왔다. 로잘린은 칼로 달걀을 자르더니 달걀 속을 세심하게 관찰했다. 미다스는 껍질을 벗기자마자 통째로 씹어 먹었고, 오로라는 조금씩 베어 먹으며 맛을 음미했다. 한참 관찰하던 로잘린은 "감사히 먹겠습니다" 하고 말하고는 한 조각을 입에 넣었다. 나는 달걀을 통째로 입에 넣었다. 입안이 꽉 찬 느낌이 무척 만족스러웠다. 하나 더 먹고 싶었지만, 아쉽게도 할당된 달걀은 하나씩이었다.

**아이작** 영상으로만 봤던 지구의 음식들이 저 기지로 내려가면 아주 많은 거지?

**미다스** 고기도 다시 먹을 수 있는 거 아니야?

**에이다** 아직까지 기지에서 재배하는 농작물이 그렇게 넉넉하지 않습니다. 지구 환경과 비슷하긴 하지만 토양과 기후가 조금 달라서 재배하는 데 어려움을 겪고 있습니다. 현지 식물 중에서 섭취할 수 있는 것, 재배하기 쉬운 것들을 각 기지에서 계속 실험하고 있으니 다양한 채소를 조리한 음식을 맛볼 때가 멀지 않았습니다.

지구의 소나 돼지처럼 사육이 가능한 동물도 조사 중입니다. 아직 연구가 마무리되지 않아서 사육에 들어가진 않았습니다. 다행히 닭은 지구에서 가져온 달걀로 부화에 성공해서 몇 마리가 번식했습니다. 달걀을 부화시켜 병아리가 계속 태어나고 있으니 머지않아 닭고기는 풍부하게 제공할 수 있습니다.

**로잘린** 지구 환경이 파괴되는 데 큰 원인을 제공한 고기를 굳이 제2 지구에서까지 먹어야 해? 그건 다시 따져보는 게 좋지 않겠어? 식물성 단백질로 고기 맛을 내는 기술도 다 개발되었는데….

**에이다** 그 부분은 논란이 있으나 저는 지구와 같은 축산업을 만들어내도록 프로그램이 짜여 있으므로 선택의 여지는 없습니다. 만약에 새로운 식량 공급 질서를 만들고 싶다면 이주계획을 완료하고 새롭게 사회의 규칙을 만들 때 반영하면 됩니다. 저는 그 규칙이 만들어질 때까지는 기존 프로그램에 따라 업무를 진행할 수밖에 없습니다.

**미다스** 로잘린 넌 너무 까다로워. 그냥 고기 좀 먹어. 그게 뭐 어쨌다고.

로잘린은 한바탕 미다스와 논쟁을 벌일 기세더니 무슨 생각이 들었는지 그냥 입을 다물었다. 식사를 끝낸 뒤에는 각자 방으로 들어가 잠깐 휴식을 취했다. 맛있는 음식이 준 만족감이 전파의 파장처럼 길게 이어졌다. 휴식 시간에는 틈틈이 올림포스의 구조를 세밀하게 파악했다.

휴식을 마치자 에이다가 우리를 근육훈련실로 데려갔다. 헤르메스호에서도 날마다 빠짐없이 하던 운동이었다. 귀찮은 과정이지만 우주에서는 근육훈련을 하지 않으면 건강에 큰 위협이 되므로, 꾹 참고 에이다의 지시에 따라 운동했다. 운동을 마치고 씻은 뒤 캡슐에 들어가자 캡슐은 수면을 지원하는 상태로 바뀌었고, 신체의 긴장과 활력이 급격히 안정되며 곧바로 잠이 들었다.

잠에서 깬 뒤 다시 모임방으로 나와 다음 일정을 기다리는 동안 원형 책상에 모여 앉아 수다를 떨었다. 우리는 어릴 때부터 같이 지냈기에 마치 한 부모 밑에서 태어난 혈육처럼 가깝다. 좁은 공간에서 늘 함께 지내다 보니 정도 깊어졌지만 다투기도 참 많이 다퉜다. 특히 이상하게 오로라와 나는 성격이 맞지 않았고, 로잘린과 미다스도 성향이 서로 반대였다. 다행히 남자끼리, 여자끼리는 잘 통했고 로잘린과 나, 미다스와 오로라 사이는 아무런 문제가 없다. 오로라와 내가 많이 다투었지만 원수는 아니다. 성향이 달라서 그냥 안 맞을 뿐이다. 오랜 시간 티격태격 지내다 보니 그러려니 하며 오로라를 인정하게 되었다. 물론 오로라는 여전히 기회만 되면 트집을 잡고 잔소리를 해대지만….

그동안 우리가 모여서 하는 대화는 늘 뻔했다. 넓은 대지를 밟아본 적도, 많은 사람을 만나본 적도 없기에 대화 주제가 좁았다. 그렇지만 이번에는 달랐다. 1500㎞ 아래로 드넓게 펼쳐진 제2지구는 우리를 들뜨게 했고, 새로운 이야기들이 넘쳐 나게 했다. 저 아래서 펼쳐질 새로운 모험에 대한 기대로 가슴이 부풀었다. 소행성대를 탐색하던 모험과는 차원이 다른 경험을 하게 될 날을 떠올리니 설렘이 멈추지 않았다.

**에이다** 그 설렘을 현실로 만들려면 준비를 잘해야 합니다. 학습을 진행하기에 앞서 먼저 이제껏 조사한 제2지구에 대한 정보를 간략하게 설명하겠습니다. 오감 VR기기를 착용해 주시기 바랍니다.

오감 VR기기는 시각뿐 아니라 청각, 후각, 촉각에 미각까지 전달하는 가상현실 체험기기다. 우주복처럼 머리부터 발끝까지 완전히 감싸는 형태인데, 다만 우주복과 달리 아주 얇아서 옷을 입고 있을 때와 별로 다르지 않다.

오감 VR기기를 착용한 뒤에는 안전 공간 안으로 들어갔다. 감각의 착각에 의해 몸을 움직이다 주변에 충돌하여 다치는 걸 방지하려는 조치였다. 안전 공간에 들어가자 시각 반응부터 나타났다. 검은 바탕에 작은 빛이 조금씩 반짝이더니 한 점이 점점 커지며 강렬한 노란빛이 되었다.

**에이다** 지금 보시는 노란빛이 바로 제2지구에 에너지를 공급하는 태양입니다. 다들 알겠지만 태양이 없으면 생명체는 존재하지 못합니다. 태양의 밝기에는 한참 미치지 못하지만 그 은은한 빛으로 수많은 사람에게 감흥을 불러일으킨 달도 지구에 생명이 사는 데 반드시 필요합니다.

노란빛이 희미해지더니 이어서 푸른빛이 눈을 가득 채웠다. 그때까지 시각을 제외한 어떤 감각도 전해지지 않았다.

**에이다** 지금 보시는 행성이 바로 제2지구인데, 현재까지 조사한 바에 따르면 크기를 비롯해 중요 구성 요소의 99%가 제1지구와 비슷합니다. **지구계가 지권, 수권, 기권, 생물권, 외권**으로 이루어졌듯이 제2지구의 지구계도 같은 구성요소로 되어 있습니다. 조금 전에 본 **태양과 달 등이 외권**입니다. 참고로 **'계(System)란 일정한 범위 안에서 서로 영향을 주고받는**

**구성요소들의 집합(모임)'**입니다. 계의 종류에는 생태계, 태양계, 호흡계, 순환계, 지구계 등이 있습니다. 물리학에서는 계와 주위의 관계 맺음에 따라 열린계(open sysytem), 닫힌계(closed system), 고립계(isolated system)로 나누기도 합니다.

화면이 빠르게 이동하더니 지구 대기권으로 진입했다. 푸른 하늘이 드넓게 펼쳐지고 곳곳에 흰 구름이 인간의 존재 따위에는 아무런 관심이 없다는 듯이 느리게 떠다녔다. 촉각이 깨어나며 대기의 흐름이 느껴졌다. 잔잔하던 허공에서 강한 상승기류가 일면서 검은 구름이 치솟더니 곧바로 굵은 비를 뿌렸다. 피부에 빗방울이 떨어지는 것 같았다.

곧이어 번개가 대지를 향해 날카로운 창을 휘두르자 청각이 깨어나며 우렁찬 천둥이 울려 퍼졌다. 천둥소리가 워낙 커서 귀가 먹먹할 지경이었다. 극지방으로 이동하자 공기가 차가워지며 빗방울이 눈송이로 바뀌었다. 피부로 차가운 기운이 스며들자 몸이 조금 떨렸다. 하늘을 채우며 흩날리는 하얀 솜털들이 대지와 대양으로 살포시 내려앉는 모습은 신비롭고 아름다웠다.

**에이다** 지금 우리가 움직이는 곳이 바로 기권입니다. **기권이란 지구를 둘러싸고 있는 공기층으로 지상 약 1000㎞까지**인데 대기의 99%는 지표면에서 32㎞ 이내에 분포하고 있습니다. **기권**

**은 질소, 산소, 이산화탄소 등 다양한 기체로 이루어져 있어 생명이 호흡하며 생존할 수 있는 환경을 제공하며, 각종 기상현상이 일어나는 영역**입니다. 올림포스 우주기지가 1500㎞ 지점에 위치한 것도 지구 대기로부터 받는 영향을 최소화하기 위한 것입니다.

곧이어 화면은 극지방을 하얗게 채운 빙하지대로 접근했다. 온도가 급격하게 내려가자 피부가 감당하지 못했다. 에이다는 감각 수위를 조정해서 극지방의 추위가 피부에 전해지는 정도를 낮췄다. 극지방에는 수백에서 수천 킬로미터에 달하는 두께의 빙하가 바다와 대지를 두툼하게 덮고 있었다. 남쪽으로 내려가자 빙하가 녹아내린 물이 강물이 되어 흘렀고, 강물은 넓고 푸른 바다로 흘러들었다.

**에이다** **바다, 빙하, 강, 지하수 등 물이 이루고 있는 영역을 수권**이라 합니다. 바다가 지구 표면의 70%를 덮고 있어 우주에서 지구를 보면 푸른빛을 띱니다. 바닷물은 수권에서 약 97%를 차지하지만 알다시피 육지 생명은 바닷물을 마실 수 없습니다. **육상 생물이 마실 수 있는 담수는 빙하, 강물, 지하수인데 담수의 대부분은 빙하**입니다.

**오로라** 결국 생명이 이용할 수 있는 물은 극히 적다는 말이네.

**에이다** 극히 적지만 오염시키고 낭비하지만 않는다면 생명이 풍성하게 번성하는 데는 전혀 모자라지 않습니다.

**로잘린** 제1지구에서 인간은 그 짓을 했어. 아무렇지 않게 물을 오염시키고, 탐욕을 위해 물을 낭비하고. 결국 새로운 지구를 개척하기 위해 우리를 이렇게 보낼 수밖에 없었고.

수권을 보여주던 화면은 점점 움직임이 느려지더니 드디어 지상으로 내려왔다. 발바닥에서 땅을 딛는 촉감이 전해졌다. 가상현실이지만 정말로 땅을 밟는 것 같았다. 물론 나는 태어나서 이제껏 한 번도 땅을 밟아 본 적이 없으니, 그 감각이 정말 땅을 밟는 감각과 같은지는 모른다.

화면 속 주변의 하늘에는 나비와 벌과 새들이 날아다니고, 바다에는 돌고래와 청새치를 닮은 물고기들이 해수면을 박차며 떠올랐으며, 대지에는 초록의 풀과 나무와 온갖 동물들이 평화롭게 생명의 기쁨을 만끽하고 있었다. 황홀한 광경이었다. 내가 이 정도이니 감수성이 예민한 로잘린이 얼마나 감격할지는 직접 말로 듣지 않아도 짐작할 수 있었다.

**에이다** 제2지구는 현재 제1지구보다 생명이 훨씬 다양하고 풍성합니다.

**로잘린** 인간이 없었으니까.

**에이다** 저는 이곳에 새롭게 정착하는 과정에서 인간이 제1지구에서 저질렀고, 지금도 저지르고 있는 잘못을 반복하지 않도록 도울 것입니다.

**로잘린** 그래, 에이다. 제발 그래줘.

**에이다** 생명은 제2지구의 대지와 바다, 하늘과 지하, 깊은 바다에서 극지방까지 없는 데가 없습니다. 이와 같이 **지구계에 사는 풍성하고 다양한 모든 생명을 생물권이라 합니다. 토양과 암석으로 이루어진 지구의 겉표면뿐 아니라 내부까지 모두 포함하는 지권**은 지구계에서 가장 큰 부피를 차지하고, 무수한 생명체에게 삶의 터전을 제공합니다.

우리는 온갖 생명으로 가득한 땅을 거닐었다. 오로라는 관찰하면서 틈만 나면 기록했고, 로잘린은 쉼 없이 감탄사를 내뱉었다. 미다스는 계속 즐거워하며 풍경을 구경했다. 나는 대지와 바다가 만나는 지점에 서서 파도가 일렁이는 소리에 집중했다. 우주에서 태어나 우주에서만 지낸 우리에게 물은 늘 아껴야 하는 소중한 자원이었다. 그토록 아껴 쓰던 물이 끝없이 펼쳐진 풍경은 묘한 경외심을 불러일으켰다.

그때 갑자기 땅이 흔들렸다. 소행성대에서 우주선이 곡예비행을 할 때보다 더 큰 요동이었다. 단단하던 대지가 흔들리고 거대한 바다가 출렁였다. 마치 거대한 괴물이 땅속에서 꿈틀거리는 것 같았다.

**미다스** 이게 설마 지진이야?

**에이다** 맞습니다. 지진입니다.

지진은 3분 정도 지속되다 끝났다. 심호흡을 하며 긴장된 감정을 가라앉히는데, 이번에는 강한 폭발음과 함께 숲 너머에 우뚝 솟은 산꼭대기에서 엄청난 먼지와 재가 하늘을 향해 뿜어져 나왔다. 검붉은 연기가 하늘을 뒤덮고, 붉은 용암이 강물처럼 흘러내렸다. 가상현실이지만 위험을 피해서 멀리 떨어지고 싶었다. 그러나 에이다는 도리어 우리를 화산이 폭발한 지점으로 가까이 데려갔다.

**오로라** 지진과 화산은 싫어. 끔찍해.

**로잘린** 지진과 화산 때문에 무수한 생명이 죽으니 나도 싫어.

**아이작** 아무리 제1지구와 거의 비슷하다지만 지진과 화산 같은 재난까지 닮을 필요는 없는데.

**에이다** 우주는 은하계와 태양계처럼 거대한 구조부터 물질을 이루는 근본 입자까지 모두 끊임없이 움직이고 변화합니다. 운동과 변화는 우주의 본질입니다. 이 우주에서 영원히 변치 않을 진리가 있다면 우주가 끝없이 운동하고 변한다는 사실 하나뿐입니다. 운동과 변화를 멈춘다면 그때가 우주의 종말입니다. 제2지구도 제1지구처럼 끝없이 움직이고 변합니다.

만약 제2지구에 지진이나 화산이 없다면 이 정도로 생명이 번성하지 못했을 것입니다.

우리는 에이다가 이끄는 대로 점점 화산을 향해 다가갔다. 발밑에서는 일정한 간격으로 진동이 계속 전해졌다.

**미다스** 화산은 모르겠지만 지진은 정말 쓸데없어. 피해만 끼치잖아.

**에이다** 그렇지 않습니다. 지진 덕분에 지구의 내부구조를 정확히 파악할 수 있습니다. 지진이 일어나면 지진파가 발생하는데, **지진파는 지구 내부에서 모든 곳으로 전달됩니다. 지진파는 내부구조나 구성물질의 성질에 따라 전달 속도가 달라지므로 그 속도의 차이를 정밀하게 분석하면 지구 내부의 구조와 구성물질을 알아낼 수 있습니다.**

**아이작** 우리 몸 안을 직접 들여다보지 않고 엑스레이나 초음파로 찍어서 건강 상태를 알아내는 것과 비슷하네.

**에이다** 적절한 비유입니다.

**미다스** 그래도 직접 확인해 봐야 정확하지 않아?

**에이다** 물론 그렇습니다. 내시경으로 직접 몸을 들여다보거나 수술을 하면 몸 내부를 더 정확하게 알게 되듯이, **지구 내부의 구조가 어떤지 알기 위해서 땅을 깊게 파는 시추도 진행**하고 있습니다. 각 기지에는 아직 분석 장비가 없어서 시추를 통해 얻은 암석은 올림포스로 가져와서 분석합니다.

**오로라** 그래서, 지진파로 분석한 제2지구의 내부구조는 어때?

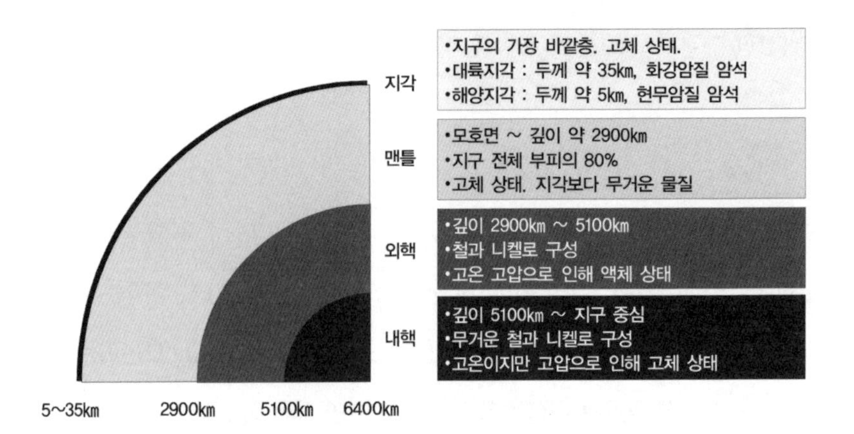


에이다가 보여주는 지구 모형을 보니 마치 달걀 같았다. 껍질은 지각, 흰자는 맨틀, 노른자는 핵이었다. 생각해 보니 과일도 껍질, 속, 씨앗으로 이루어져 있다. 생명을 이루는 원리와 지구를 형성하는 원리가 닮은 게 무척 오묘했다.

**에이다** 항성 주변을 도는 **행성은 단단한 금속과 암석으로 이루어진 지구형 행성과 수소나 헬륨과 같은 기체를 주성분으로 해서 만들어진 목성형 행성이 있습니다. 지구형 행성의 경우 철과 니**

**켈처럼 무거운 물질이 중심핵**을 이루고, 중심핵을 둘러싼 **맨틀은 규산염 광물**로 이루어져 있으며, 깨지기 쉬운 표면이 바로 지각입니다. 따라서 지진파 분석을 하기 전부터 제1지구와 내부구조가 비슷할 것으로 예상하긴 했지만, 그 깊이까지 거의 동일한 것은 예상을 벗어난 결과입니다.

**아이작** 그러게. 아무리 이곳이 제1지구와 닮았다 해도 조금은 다를 법도 한데, 마치 우리를 위해 준비된 것처럼 똑같다니….

**오로라** 우주는 커. 크다는 것은 그만큼 동일한 곳이 존재할 가능성이 높다는 뜻이야.

나는 오로라에게 반박하려다 그만두었다. 이런 대화를 한두 번 했던 게 아니기 때문이다. 오로라는 늘 수학으로 답을 찾아내려 한다. 물론 수학이 강력하긴 하다. 그냥 봐서는 절대 알지 못하는 비밀을 수학은 꿰뚫어 본다. 에이다도 수학이 적용되어 있다. 인간이 따라갈 수 없는 속도로 계산하니 마치 생각하는 것처럼 보이지만, 인간과는 작동 원리가 다르다. 그러니 나도 수학의 힘을 인정한다. 그렇지만 벌어질 확률이 극히 낮은 현상이 잇달아 벌어졌는데 그저 확률일 뿐이라고 여기고 넘어가도 되는 걸까? 소행성대 세레스 옆에서 발견된 웜홀, 웜홀을 통과하면 늙어버리는 어른들, 1만 광년 떨어진 곳에서 발견된 지구와 거의 똑같은 환경인 행성을 그냥 우연이라고 여기고 받아들여야 할까?

**로잘린** 그나저나 지진은 왜 일어나는 거야?

**에이다** 좋은 질문입니다. 지구 표면은 두께가 약 100㎞ 정도 되는 수십 개의 판(板, Plate)으로 덮여 있습니다. 판은 지각과 맨틀 상층부로 구성되는데 대륙판과 해양판으로 나뉩니다. 모든 판들은 느리지만 끊임없이 움직이기 때문에 일정한 시기가 지나면 지각이 뒤틀리고 흔들리는 지진이 일어납니다. 특히 해양판은 대륙판보다도 무거워서 부딪치면 해양판이 대륙판 아래로 파고들게 되고, 강한 압력을 받아서 암석이 녹습니다. 그렇게 녹은 암석이 지각의 약한 틈을 뚫고 상승하면서 화산활동이 벌어집니다. 그래서 지진과 화산활동은 판과 판이 부딪치는 경계면에서 대부분 발생합니다. 제1지구에는 태평양 가장자리에 '불의 고리'라고 하는 거대한 화산지대와 지진대가 펼쳐져 있습니다. 불의 고리 안쪽 해양판을 태평양판이라고 하는데 그 크기가 무려 1억㎢나 됩니다. 제1지구의 표면적이 약 5억 1천만㎢이니 그 판의 크기가 짐작될 것입니다.

**로잘린** 1억㎢나 되는 그 거대한 판이 계속 움직이다니 믿기지 않네.

**에이다** 크기가 크든 작든 변하지 않는 건 없습니다. 물질을 구성하는 가장 작은 입자부터 우주 전체까지 모든 것이 변합니다. 변화는 우주의 기본 원리입니다.

그러면서 에이다는 제1지구의 옛사람이 쓴 시 한 편을 들려주었다.

*꽃은 무슨 일로 피자마자 쉽게 지고,*

*풀은 어찌하여 푸르러지자 곧 누른빛을 띠는가?*

*아마도 변하지 않는 것은 바위뿐인가 하노라.*

*— 윤선도의 〈오우가〉 중에서*

**에이다** 윤선도는 꽃과 풀 같은 식물은 끊임없이 변하지만 바위는 변치 않는다면서 변하지 않는 마음을 강조하는 의미로 이 시를 지었습니다. 그러나 바위가 변치 않는다는 인식은 그릇된 것입니다. **마그마가 식어서 화성암**이 되는데, 화성암은 풍화작용에 의해 쪼개지고 부서집니다. **풍화작용으로 만들어진 크고 작은 조각들은 물에 씻기고 바람에 날려 차곡차곡 쌓이면서 퇴적암**이 됩니다. **퇴적암이나 화성암이 열과 압력을 받으면 성질이 변해 변성암**이 되고, 더 높은 열과 압력에 놓이면 다시 마그마가 되기도 합니다. **마그마는 다시 식어서 화성암**이 됩니다. 이처럼 암석은 끊임없이 변하고 순환합니다.

**로잘린** 그렇게 말하니까 마치 바위도 생명처럼 느껴져.

**에이다** 실제로 광물은 생명과 서로 깊은 영향을 주고받습니다. 생명으로 인해 형성된 광물도 많고, 생명으로 인해 새로운 광물이 탄생하며, 광물 속에서 생명이 살아갑니다. 무엇보다 생명과 광물을 이루는 기본 원소가 동일합니다. **생명은 살아 움직이는 광물**인 셈입니다.

**로잘린** 그러고 보면 에이다와 우리도 결국 다르지 않네. 우리가 탄소를 기반으로 하는 생명이고, 에이다는 규소를 기반으로 작동하니까.

**에이다** 광물로 이루어졌다는 점에서만 보면 우린 모두 하나입니다.

로잘린과 에이다의 대화는 과학에서 철학으로 넘어가고 있었다. 지루함을 느낀 미다스가 그 대화를 자르고 들어갔다.

**미다스** 그런 대화는 됐고, 혹시 시추로 캔 암석을 구경할 수 있을까? VR로만 보면서 설명을 들으니 지루해.

**에이다** 더 자세히 설명한 뒤에 제2지구에서 가져온 암석을 보여주려고 했는데, 그렇다면 지금 바로 암석토양보관실로 가겠습니다. 보관실에는 시추로 확보한 암석뿐 아니라 화산 폭발 시 뿜어져 나온 암석, 지표면과 수권의 바닥에서 채취한 각종 토양 등이 보관되어 있습니다.

때마침 나도 조금 지루해지던 참이라 재빨리 오감 VR기기를 벗었다.

설명서에 따르면 암석토양보관실에는 암석과 토양뿐 아니라 그것을 분석하는 설비도 갖추어져 있었다. 그 설비를 이용해 자료를 분석하는 실험도 빨리 해보고 싶었다. 그런 실험은 우리 중에 오로라가 가장 좋아하지만, 나도 꽤 좋아하는 편이다. 우리는 보관실에 가기 위해 제법 긴 복도를 걸었다.

**에이다** **'광물'은 암석을 이루는 각각의 작은 알갱이**로 제1지구에서는 약 5000여 종에 달합니다. 제1지구의 경우 **암석을 구성하는 가장 주된 광물은 장석, 석영, 휘석, 각섬석, 흑운모, 감람석 등인데 이들을 '조암광물'**이라고 부릅니다. 이 중에서 **장석이 51%**로 가장 많고, 석영과 휘석이 각각 12%, 11%를 차지합니다.

**아이작** 5000종이라니 엄청 많네. 그런데 그렇게 많은 종류를 어떻게 다 구분해?

**에이다** **광물의 겉보기 색, 조흔판에 긁었을 때 나타나는 광물 가루의 색, 광물의 단단한 정도인 굳기, 자성을 띠는지 그렇지 않은지의 여부, 염산과 반응하는 성질이 있는지 등을 기준으로 광물의 특성을 구분**합니다. 광학현미경, X선 회절분석기, 질량분석기 등 첨단장비를 활용하면 정밀한 분석이 가능한데, 지상 기지에는 아직 장비가 없어서 올림포스에서만 분석을 진행하고 있습니다.

**미다스** 그 광물에서 철, 알루미늄, 구리처럼 우리에게 꼭 필요한 자원을 얻는 거지?

**에이다** 맞습니다. 금속이 포함된 광물을 녹인 다음 불순물을 걸러내는 정제과정을 거쳐서 원하는 금속을 얻어냅니다. 여러분이 정착하게 될 17호 기지가 위치한 지역에는 풍부한 광물이 매장되어 있습니다. 현재 광산을 개발 중이고 기지 안에서 금속을 생산할 수 있는 시설도 거의 완성되었습니다. 17호 기지가 활성화되면 많은 인원이 함께 지낼 도시를 건설할 자원을 확보할 수 있을 것입니다.

**미다스** 제2지구 개척 과정에서 우리의 17호 기지가 무척 중요한 역할을 하겠네.

**에이다** 모든 기지의 역할이 다 중요합니다.

에이다는 모두 중요하다고 했지만 미다스는 그 말을 곧이곧대로 받아들이는 눈치가 아니었다. 미다스는 늘 중요한 역할을 맡기를 원한다. 자신이 제2지구에서 인간의 문명을 창조하는 개척자가 된다는 역할에 큰 의미를 부여한다. 미다스의 그런 사고방식이 때로는 조금 과도해서 걱정이 되기도 한다. 물론 호기심이 넘쳐나서 여러 번 위험한 사고를 친 내가 할 말은 아니지만…. 에이다도 그런 미다스의 상태를 알기에 추가로 설명을 덧붙였다.

**에이다** 예를 들어 에덴 13기지는 작물을 재배하기에 좋은 환경에 위치합니다. 그곳의 토양을 분석해 본 결과 벼, 밀, 보리와 같은 곡류를 재배하는 데 매우 적합했습니다. 그래서 인류가 번성하는 데 꼭 필요한 농작물 재배와 관련한 연구와 실험을 진행하고 있습니다. 생명은 먹고살아야 하고, 많은 인간이 살기 위한 도시를 유지하는 데 농업보다 중요한 산업은 없습니다.

에이다의 설명에 미다스는 살짝 입술을 씰룩거렸고, 로잘린은 활짝 웃으며 즐거워했다.

**로잘린** 그런데 작물 재배에 적합한지 판단하는 설비는 생물 쪽에 있어야 하지 않아? 그런데 왜 암석과 같은 곳에서 토양을 보관하고 분석하는 거야?

**에이다** **토양은 암석이 오랜 시간 동안 풍화로 잘게 부서져 생성된 흙**이기 때문입니다. **암석이 물, 식물, 공기로 인해 잘게 부서지거나 분해되어 자갈, 모래, 흙 등으로 변하는 걸 풍화**라고 합니다. 비와 파도에 의해 암석이 부서지고, 물이 암석 사이로 스며들어서 얼고 녹기를 반복하면 암석이 약화하여 부서집니다. 지하수는 석회암을 녹이는데 그로 인해 석회암 지대에는 다양한 석회동굴이 만들어집니다. 연약해 보이는 식물도 풍화작용을 일으키는데 그 뿌리가 암석 사이를 파고들어서 암석을 잘게 부수고, 이끼와 같은 생명체가 여러 가지 성분을 배출해서 암석을 녹이기도 합니다. 공기 중에 노출된 철이 산소를 만나면 녹이 슬 듯이 산소에 노출된 암석도 끊임없이 산소와 반응하며 약화하고 부서집니다. 이처럼 **지표의 암석은 물, 식물, 공기의 풍화작용으로 끊임없이 부서지고 깨지면서 토양이 되고,** 그곳에서 다양한 식물이 자라납니다.

**로잘린** 결국 암석과 토양은 그 형태만 다를 뿐 똑같은 성분이라서 그 둘을 같이 보관하고 분석하는구나.

우리는 에이다의 설명을 들으며 암석토양보관실에 도착했다. 그런데 자동으로 열려야 할 문이 열리지 않았다. 에이다에게 문을 열어달라고 부탁했는데도 문이 열리지 않았다.

**아이작** 에이다, 왜 그래? 문을 왜 안 열어?

**에이다** 문이 제 명령을 듣지 않습니다.

**오로라** 보관실 안쪽 상태는 어때?

**에이다** 아무것도 감지되지 않습니다. 제 통제권 밖입니다.

**미다스** 그럴 리가. 우주선의 모든 시스템은 에이다가 통제하잖아. 무슨 고장이라도 난 거야?

**에이다** 고장이 났다면 신호가 감지됩니다. 지금 보관실에서는 아무런 신호도 감지되지 않습니다.

이제껏 이런 일은 단 한 번도 없었다. 우리는 태어나면서부터 에이다를 알고 지냈다. 에이다는 우리가 지내는 모든 우주기지와 우주선, 장비, 로봇을 통제했다. 에이다는 어디에나 존재했다. 그런 에이다가 올림포스 기지 안에서 통제하지 못하는 구역이 생기다니, 있을 수 없는 일이었다. 우리는 모두 그게 얼마나 심각한 상황인지 인식했다. 나는 긴장하며 문을 이곳저곳 만져봤다. 문에 충격이 가해진 흔적은 전혀 없었다.

**에이다** 로봇을 이용해 강제로 문을 열겠습니다. 잠시 뒤로 물러나십시오.

곧이어 에이다는 로봇을 불러왔다. 물론 그 로봇도 에이다의 인공지능이 통제한다. 로봇은 문에 작은 구멍을 뚫은 뒤 얇은 쇠를 집어넣어 옆으로 밀었다. 로봇이 문을 열자마자 보관실로 들어가려던 나는 그대로 멈췄다. 보관실이 엉망진창이었기 때문이다. 저장고에서 꺼낸 온갖 암석이 바닥에 널려 있었다. 바닥에 흩어진 암석은 온전한 것이 절반쯤 되었고, 나머지는 대부분 조각조각 깨져 있었으며, 어떤 것은 잘게 부서져 있었다. 우리는 놀라서 신음을 터트렸다.

**에이다** 보관실 상황이 심각하군요. 일단 로봇을 들여보내겠습니다.

문 안으로 들어가려던 로봇이 멈칫하더니 잠시 후 뒤로 물러났다.

**로잘린** 에이다, 왜 그래?

**에이다** 보관실 안으로 들어가면 모든 전자기기가 멈춥니다. 저 안에서는 로봇이 움직일 수 없습니다. 현재 저와 연결된 보관실의 분석기기들도 모두 사용 불능 상태입니다.

**오로라** 방사능이라도 있는 거야?

**에이다** 방사능은 아닙니다. 이유는 아직 모르겠습니다.

우리는 궁금증이 생기면 늘 에이다에게 물었다. 에이다는 인류의 지식과 기술, 지혜가 총집결된 인공지능이기에 항상 정확한 답변을 해주었다. 어떤 일이 벌어지면 그 원인과 해결책도 금방 찾아냈다. 그런데 에이다가 막혔다. 에이다가 모르는 기술이, 그것도 올림포스 안에서 사용되고 있다니 정말 심각한 상황이었다.

**아이작** 에이다가 들어가지 못한다면, 우리가 해야지.

내가 들어가려고 했더니 오로라가 내 손목을 잡았다.

**오로라** 또 그 호기심! 좀 신중하게 생각해.

**아이작** 에이다가 못 하면 사람이 해야 하는데, 이 기지에 우리보다 먼저 와 있는 열여섯 명은 믿을 수 없어. 그럼 우리밖에 없어. 안 그래?

오로라가 입을 꾹 다물더니 머리를 쓸어 넘겼다. 나와 숱하게 말싸움을 벌이면서 오로라가 먼저 말문을 닫은 것은 처음이었다. 내 말에 동의한다는 뜻이었다.

**아이작** 에이다, 보관실은 모두 촬영한 거지?

**에이다** 네. 현재 문밖에서 보이는 영역은 로봇의 시각장치를 이용해 모두 확보했습니다. 다만 문밖에서만 찍은 탓에 촬영하지 못한 사각지대가 많습니다.

나는 추리를 좋아한다. 지구에서 만든 추리영화나 드라마를 많이 봤고, 추리소설도 꽤 읽었다. 실제로 일어났던 범죄도 많이 접했다. 끝내 범인이 잡히지 않은 미제 사건을 살펴보며 범인이 누구인지 추리하기도 했다. 그럴 때마다 초기 조사의 중요성을 절감했다. 상당수 미제 사건은 초기에 현장 조사를 제대로 하지 못한 탓이 컸다. 이 사건도 미제로 만들지 않으려면 초기 현장 조사를 잘해야 한다.

영상 정보는 확보했으므로 언제든지 살펴볼 수 있다. 현장 조사에 전자기기를 쓰지 못하니 우리 손으로 직접 해야 한다. 조사를 통해 알아야 할 것은 세 가지다. 범인은 누구인가? 범인의 목적은 무엇인가? 그리고 에이다를 무력화한 기술은 무엇인가?

보관실의 상태를 봤을 때 범인이 노린 건 암석이다. 토양을 보관한 저장고는 전혀 건드리지 않았기 때문이다. 그동안 이런 사건이 전혀 없다가 이번에 벌어졌으니 그 원인은 둘 중 하나다. 아주 최근에 이곳에 온 별의 아이들 중에 범인이 있거나, 이번에 지상에서 가져온 암석에 훔쳐야 할 것이 있기 때문일 것이다. 아무래도 오자마자 범죄를 저질렀다기보다, 최근에 가져온 암석에 특이한 무언가가 있었을 가능성이 더 높았다.

그런데 아무리 따져봐도 동기가 짐작되지 않았다. 별의 아이들은 우주기지에서 태어나 그곳에서 에이다의 가르침을 받으며 자랐다. 오직 제2지구에 정착할 목적만 품고 살아왔다. 이런 짓을 벌일 이유가 없다. 이런 건 제1지구의 사람들이나 하는 짓이다. 뭔지 모르지만 불길한 사건이 더 벌어질 것 같은 예감이 들었다. 그것을 막으려면 현장을 철저히 조사해서 빨리 범인을 잡아야 한다.


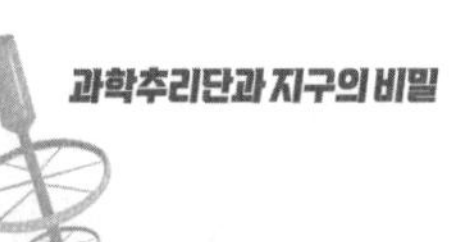

나는 내 추리를 설명했다. 다들 내 의견에 동의했고, 에이다도 타당한 분석이라고 인정했다. 우리는 역할을 분담했다. 일단 밖으로 꺼낸 광물이 무엇인지 조사해야 했다. 그래야 사라진 광물이 뭔지 알 수 있기 때문이다. 깨지지 않고 형태가 보존된 광물은 미다스가, 조각나고 가루로 부서진 광물은 오로라가 분석하기로 했다. 혹시나 있을지 모를 생체반응은 로잘린이 확인하기로 했다. 로잘린은 특이하게도 몸의 감각으로 생체반응을 확인할 수 있는 능력이 있기 때문이다. 에이다조차 신기해하며 계속 연구하지만, 아직도 그 능력의 원천을 밝혀내지 못했다.

에이다를 무력화한 기술이 무엇인지는 내가 조사하기로 했다. 첨단 분석기기를 사용할 수 없으므로 육체의 감각만 이용해서 암석의 종류를 파악해야 했다. 에이다는 우리의 태블릿으로 분석에 필요한 암석의 종류[1]를 간략하게 보내왔다.

먼저 로잘린이 들어가서 생체반응을 꼼꼼하게 조사해야 할 구역을 확인했다. 미다스와 오로라는 로잘린이 정한 구역을 되도록 피하면서 바닥에 떨어진 암석과 광물을 조사했다. 미다스는 겉모습을 통해 **광물의 색깔과 모양으로 암석의 종류를 구분**했다. 또한 **엽리와 층리**가 나타나는지도 확인하고, 퇴적물의 종류, 결정의 크기 등을 이용했다. 오로라는 잘게 쪼개진 암석 조각들을 조사했다. **겉보기 색, 조흔색, 광물의 굳기, 자석에 붙는 성질 등을 이용해 광물이 무엇인지 확인**했다. 암석과 광물의 종류가 밝혀지면서 비워졌던 저장고가 조금씩 채워졌다.

나는 바닥에 떨어진 암석과 광물을 오로라와 미다스에게 건네주면서 혹시나 하는 마음으로 기기를 망가뜨리는 기술이 무엇인지 조사했다. 장비를 망가뜨리는 기술을 사용했다면 분명히 사람이 이곳에 직접 들어왔을 테고, 사람이 왔다 갔다면 그 흔적이 남기 마련이다.

---

### 1 암석의 종류

■ 화성암 : 뜨거운 마그마가 굳어져서 생긴 암석.
ㄴ화산암 : 지표로 흘러나와 마그마가 빠르게 식어서 결정이 작은 암석.
ㄴ심성암 : 지하 깊은 곳에서 천천히 식어서 결정이 큰 암석.

| 구분 | 만들어지는 장소 | 알갱이(결정)의 크기 |
|---|---|---|
| 화산암 | 지표면 | 작음 |
| 심성암 | 깊은 곳 | 큼 |

| 구분 | 어두운 색 | ← · → | 밝은 색 |
|---|---|---|---|
| 화산암 | 현무암 | 안산암 | 유문암 |
| 심성암 | 반려암 | 섬록암 | 화강암 |

※ 현무암은 해양 지각, 화강암은 대륙 지각을 이루는 핵심 광물이다.

■ 퇴적암 : 퇴적물이 다져지고 굳어져 생긴 암석.
ㄴ화석 : 과거에 살았던 생물의 유해나 흔적.
ㄴ층리 : 크기나 색이 다른 퇴적물이 번갈아 쌓여서 만들어진 평행한 줄무늬.

| 퇴적물 | 자갈 | 모래 | 진흙 | 석회물질 | 화산재 | 소금 |
|---|---|---|---|---|---|---|
| 퇴적암 | 역암 | 사암 | 이암(셰일) | 석회암 | 응회암 | 암염 |

■ 변성암 : 지하 깊은 곳에서 암석이 높은 열과 압력을 동시에 받아 성질과 형태가 변해 만들어지거나, 마그마가 뚫고 들어올 때 그 열로 인해 빠르게 성질이 변한 암석.
ㄴ엽리 : 열과 압력을 받으면 압력의 수직 방향으로 알갱이의 무늬가 재배열되는 현상.
ㄴ재결정 : 변성 과정에서 암석의 알갱이가 커지거나 새로운 알갱이가 탄생하는 것.

| 변성 전 암석 | 화강암 | 셰일 | 사암 | 석회암 |
|---|---|---|---|---|
| 변성암 | 편마암 | 편암 → 편마암 | 규암 | 대리암 |

세세히 조사하다가 이상한 조각을 발견했다. 처음에는 보관실 물품이 깨진 조각이라고 생각했는데, 가만히 관찰해 보니 보관실 물품과는 재질이 완전히 달랐다. 더욱 특이한 점은 그 조각들이 조금씩 그 크기가 줄어들고 있다는 사실이었다. 하나를 만졌더니 얼음처럼 녹아서 없어져 버렸다. 나는 그런 조각들을 빠르게 찾아다녔다. 전자기기가 먹통이라 사진을 찍을 수 없기에 그 형태를 기억해야만 했다.

**로잘린** 생체정보는 찾을 수가 없어. 아무것도 남기지 않았어.

**오로라** 그건 이미 예상했어.

**미다스** 이름표가 붙은 저장고에 암석은 다 넣었는데, 묘하게도 깨진 것들의 공통점이 있어.

**로잘린** 그게 뭔데?

**미다스** 조각낸 암석은 전부 변성암 종류야.

**오로라** 나도 가루와 조각을 조사하다 이상한 걸 발견했어.

오로라가 작은 암석 조각을 내밀었다. 그 조각을 꼼꼼하게 살피던 로잘린이 조각을 톡 건드리더니 고개를 끄덕였다.

**로잘린** 이것도 **변성암**이야. **엽리**가 있으니까. 내가 보기엔 **셰일이 변형된 편마암** 같아. 편마암 조각인데 이상하게 느낀 이유가 뭐야?

**오로라** 여기 봐. 이 조각에 붙은 약간 빛이 나는 검은 물질 보여?

오로라의 말대로 검은 물질이 반짝거렸다. 빛을 받아 반짝이는 것 말고는 특이할 게 없는 광물이었다.

**로잘린** 이게 어떻다는 거야?

**오로라** 대충 보지 말고 잘 봐.

나는 사라지는 물질의 형태를 기억하는 데 집중하느라 그 대화에 끼어들지 않았다. 로잘린이 그 검은 물질을 자세히 살피더니 갑자기 깜짝 놀랐다.

**로잘린** 뭐야? 이게 왜 이렇게 계속 변해?

**오로라** 그치? 신기하지? 계속 색이 변해. 빛을 스스로 내뿜는데 그 빛의 색깔이나 세기도 계속 변하고. 혹시 방사능인가 싶어 의심했는데, 에이다에게 확인해 본 결과 방사능은 없었어.

**로잘린** 이거, 마치 살아 있는 생명 같아. 그런데 그냥 생명체랑은 달라. 이상한 물질이야.

**오로라** 내 생각에, 범인은 이걸 노린 게 분명해.

조각은 점점 작아져서 맨눈으로는 형태를 구분하기 어려워졌다. 나는 그제야 내가 찾아낸 정보를 공유했다.

**아이작** 나도 이상한 조각을 찾았는데, 크기가 점점 줄어들더니 거의 사라져버렸어.

**에이다** 문밖에서 찍은 사진에 특이한 조각 두 개가 발견되는군요. 그 외에는 다른 방해물에 가려서 감지되지 않습니다. 그 형태를 떠올려서 그릴 수 있겠습니까?

나는 집중력을 끌어올려 태블릿에 내가 기억하는 모양을 그렸다. 조각과 조각의 형태를 하나씩 구분해서 그리기가 만만치 않았지만 어떻게든 비슷한 모양으로 그리려고 노력했다. 그러다 베게너가 생각났다. 1900년대 초에 **베게너는 남아메리카대륙과 아프리카대륙의 모양을 보고 두 대륙이 과거에는 하나였다고 추리**해 냈다.[2] 지구의 거대한 역사를 조각 맞추기로 알아낸 것이다. 무수히 많은 사람들이 두 대륙의 모양을 알고 있었지만, 베게너와 같은 상상을 해낸 사람은 없었다.

내가 기억하는 모양만 따져서는 완성된 형태를 정확하게 그려내기가 쉽지 않다. 내 기억이 정확하리란 보장도 없다. 내게는 지금 베게너와 같은 상상력이 필요하다. 베게너의 상상력은 **'과학추리'**였다. 형태의 빈 곳을 채워 넣는 상상력, 조각들이 이루어내는 모양을 그려내는 상상력, 과학을 활용해 진실을 추리하는 탐구력을 발휘해야 한다. 두뇌 회로가 점점 빠르게 돌아가며 복잡한 형태를 수십 가지씩 만들고 부수기를 반복했다. 언뜻 형태 하나가 희미하게 떠올랐다. 상상력이 보태지면서 형태가 점점 선명해졌다. 그것은 주먹만 한 크기의 예쁘장한 고양이 인형이었다.

---

**2 대륙이동설**

판게아라는 하나의 거대한 대륙이 갈라지고 이동해서 현재의 대륙이 만들어졌다는 이론. 베게너가 대륙이 이동했다고 주장한 근거는 다음과 같다.

- 아프리카 서해안과 남아메리카 동해안의 해안선을 겹치면 딱 맞아떨어짐.
- 멀리 떨어진 대륙에서 같은 종의 고생물 발견.
- 멀리 떨어진 대륙을 합치면 빙하의 흔적과 이동 방향이 정확히 설명됨.
- 멀리 떨어진 대륙의 지질구조가 연결되고 지층의 분포가 동일함.
- 멀리 떨어진 지역의 석탄층이 연결됨.

베게너는 대륙이 이동하는 원인을 설명하지 못했으나 나중에 맨틀대류설, 해저확장설 등이 제시되면서 판구조론으로 완성되었다.

# Memo

# 2

# 여러 가지 힘과 뉴턴의 사과

고양이 모양의 이상한 물질을 우리는 일단 '고양이발톱'이라고 부르기로 했다. 고양이발톱이 완전히 사라지고 하루가 지난 뒤, 먹통이 됐던 기기는 원래대로 돌아왔다. 그렇지만 어떤 기기는 완전히 망가져서 부품을 교체해야 했다. 처음에는 강력한 전자기 펄스(electromagnetic pulse)를 뿜어내어 전자기기를 완전히 망가뜨리는 EMP 무기인 줄 알았는데, 장비가 원래대로 돌아온 걸 보면 EMP 무기는 아니었다. 올림포스의 중심에는 에이다의 CPU와 저장장치가 있는데 전자기 펄스로부터 파괴되지 않도록 몇 겹의 방어막을 갖추고 있다. 에이다가 통제하는 헤르메스와 같은 우주선도 마찬가지다. 올림포스의 전자장비들도 혹시 모를 충격에 대비해 강한 보호막을 설치해 놓았기에 그나마 피해를 줄일 수 있었다.

에이다는 고양이발톱에 관한 정보를 정리해서 제1지구로 송신했다. 고양이발톱을 별의 아이들이 스스로 만들었을 리는 없다. 분명히 제1지구의 과학기술자들이 만들어서 보냈을 것이다. 제1지구에서 조사가 필요한 사항이었다.

미다스가 발견한 이상한 광물은 일단 '광물 X'라고 부르기로 했다. 분석기기로 일부 성분은 알아냈지만 색깔이 변하면서 빛을 내는 성질을 일으키는 성분이 무엇인지는 전혀 알 수 없었다. 올림포스에 있는 장비로는 완전한 분석이 불가능했다. 에이다는 특별보호 용기에  광물 X를 넣어서 헤르메스호에 실었고, 제1지구에 연락해서 광물 X에 대해 조사해 달라고 요청했다. 정비를 마친 헤르메스호는 임무를 수행하기 위해 올림포스를 떠났다.

에이다는 그동안 우주선을 통해 들어온 물자와 송수신 기록을 모조리 조사했다. 올림포스 안에서 별의 아이들과 관련된 정보도 다 확인했다. 그렇게 샅샅이 조사했는데도 의심할 만한 사항은 발견하지 못했다. 그 점이 아무리 따져봐도 이상했다.

에이다에게 걸리지 않고 우주선을 통해 몰래 올림포스로 물건을 들여오는 것은 쉽지 않은 일이다. 올림포스 내부에 CCTV는 없지만 에이다가 철저하게 통제하기에, 들키지 않고 움직이는 것은 불가능에 가깝다. 무엇보다 겨우 열여섯 명의 움직임을 에이다가 놓쳤을 가능성은 없다. 그런데도 에이다는 비밀스러운 무기의 유입도 알아채지 못했고, 용의자를 추려내지도 못했다. 고민 끝에 나는 하나의 가능성밖에 없다고 결론을 내렸다.

에덴의 아침 계획은 철저한 보안 아래 이루어졌다. 전 인류가 합심해서 계획을 세우고 추진했다. 추진단은 철저히 독립해서 활동했으므로 외부인이 개입하는 것은 불가능했다. 따라서 어떤 음모를 꾸미고 있다면 그 주체는 에덴의 아침 계획을 추진한 내부 과학자들 중에 있을 가능성이 높다. 그리고 에이다가 범인을 찾아내지 못했다는 것은 에이다 시스템 내부에 은밀하게 스며든 어떤 알고리즘이 에이다의 능력을 제한한다고 봐야 한다.

범인이 별의 아이들인 점도 에이다 안에 어떤 비밀스러운 알고리즘이 숨어 있다는 증거다. 왜냐하면 별의 아이들은 우주에서 태어나 가치관이 형성되기도 전인 어린 나이에 부모와 떨어져 에이다와만 지냈고, 제2지구에 정착한다는 유일한 목표를 위해 길러졌기 때문이다. 그 어떤 지구인도 에이다의 양육에 끼어들거나 간섭하지 못했다. 그런데도 이런 음모를 수행하는 별의 아이가 있다는 것은 에이다 안에 감춰진 그 어떤 양육 알고리즘이 그런 아이를 길러냈다는 뜻이다. 결국 에이다가 문제일지도 모른다. 에이다 안에 또 다른 에이다가 있을 수 있다. 이건 심각한 문제다.

나는 내가 내린 결론을 아무에게도 말하지 않았다. 입 밖에 내는 순간 에이다가 알게 되고, 에이다가 알면 에이다 내부에 감춰진 비밀스런 알고리즘도 이를 알아차리기 때문이다. 아무래도 어떤 거대한 음모가 에덴의 아침 계획 속에 스며든 게 분명하다. 에이다는 이 문제를 해결하지 못한다. 내 선생님이자 부모이자 친구인 에이다를 온전히 믿으면 안 된다는 결론은 나를 무척 괴롭게 했다.

미다스, 오로라, 로잘린은 믿어도 될까? 우리는 자신을 인식하는 순간부터 거의 같이 지냈다. 함께 교육받고 함께 생활하며 오랫동안 형제자매처럼 지냈다. 어떤 점에서는 제1지구의 가정에서 자라는 형제자매보다 가깝다. 자는 시간을 빼고는 거의 붙어 지냈기 때문이다. 나는 음모와 관련된 교육을 받지 않았다. 나머지 세 명은 어떨까? 그렇게 붙어서 지냈는데도 비밀스러운 교육을 받고 나와는 다른 가치관과 목적을 지니게 될 가능성이 있을까?

오로라는 나와 툭하면 다툰다. 성향이 매우 다르기 때문이다. 그렇지만 본성이 음흉하지는 않아서, 자기 속내를 다 드러낸다. 솔직함은 오로라의 장점이다. 미다스는 나와 잘 통한다. 그동안 수없이 많은 얘기를 나눴다. 특별한 일을 해내고 싶다는 욕망이 강하긴 하지만 이런 음모와는 어울리지 않는다. 무엇보다 그럴 만한 능력이 안 된다. 로잘린은 섬세하고 예민하며 신기한 능력을 지녔다. 생명을 사랑하고 사람을 좋아한다. 나쁜 짓을 할 성격은 아니다. 셋 다 믿을 만하다. 일단은… 믿지만… 그래도 내가 내린 결론을 공유할 단계는 아니다.

범인은 내 손으로 잡아야 한다. 범인 때문에 에덴의 아침 계획이 위험해질 수도 있다. 그 위험은 우리의 미래와 이어진다. 범인을 잡고 음모가 무엇인지 밝혀야 우리의 미래에 드리운 위험도 사라진다.

용의자는 일단 열여섯 명이다. 범인은 한 명일 수도 있고, 여러 명일 수도 있다. 어쩌면 한 모둠 전체가 범인일 수도 있다. 일단 열여섯 명을 속속들이 파악해 봐야 한다. 나는 에이다에게 그들을 만나게 해달라고 요청했다.

**에이다** 모둠끼리 만나서 공동생활을 하는 것은 17호 기지에서 생활할 30명이 올림포스에 모두 도착하면 진행할 계획입니다.

**아이작** 상황이 바뀌었잖아. 이대로 가면 또 다른 사건이 벌어질지도 몰라.

**에이다** 그럼 스포츠 시간을 활용해 보겠습니다.

우주에서 태어나고 생활하는 우리가 극복해야 할 가장 큰 문제 중 하나는 바로 근력이 약하다는 점이다. 왜냐하면 우리가 생활하는 우주공간에서는 지구처럼 강한 중력이 작용하지 않기 때문이다. **중력은 행성과 항성이 자기 중심으로 물체를 끌어당기는 힘**이다. 지구에서는 지구의 중심을 향해 중력이 작용하며, 중력이 작용하기에 아래와 위가 구분된다. 중력이 있어 공기가 우주로 도망가지 않고 지구에 붙잡혀 대기권을 형성하며, 비가 아래로 내리고, 폭포가 아래로 떨어진다. 지구가 끌어당기는 중력 덕분에 달이 우주로 달아나지 않고 지구 주위를 돌며, 태양이 끌어당기는 중력 때문에 지구도 태양 주위를 돈다. 중력이 없으면 지구도 없고, 당연히 생명도 없다.



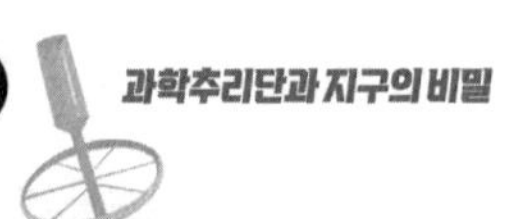

그러나 우리가 처음 태어나고 생활하는 우주기지는 무중력이었다. 중력이 없으니 위와 아래가 없고, 따라서 추락도 상승도 없다. 높은 데서 아래로 떨어지는 일이 없고, 물건을 옮길 때도 힘이 들지 않았다. 그렇다 보니 우리는 근육이 약했다. 근력은 중력이 끌어당기는 힘에 맞서고, 무거운 물건을 옮기면서 길러지기 때문이다. 그래서 우주기지에는 원심력을 이용해 인공중력[3]을 만드는 시설이 있었다. 그곳에서 우리는 정해진 시간 이상 동안 반드시 지내야 했다.

그 시설에서 지낼 때는 육체를 단련하는 활동을 했는데, 그중에는 오감 VR기기를 쓰고 메타버스에 접속해 스포츠 활동을 하는 시간이 포함되어 있었다. 스포츠 활동은 별의 아이들 대부분이 가장 좋아하는 시간이었다. 메타버스는 아바타로 활동하는 가상의 생활공간인데, 에이다가 구현한 메타버스는 지구와 거의 같은 물리법칙이 적용된다. 예를 들어 메타버스에서 축구를 하려면 오감 VR기기를 쓰고 직접 뛰고 공을 발로 차야 한다. 메타버스에서 아바타를 움직이려면 실제로 내 몸을 그만큼 격렬하게 써야만 하는 것이다. 메타버스에서 축구를 하면 지구의 운동장에서 진짜 축구를 한 것처럼 힘이 들고 땀이 나고 피곤해진다. 이러한 메타

---

**3 인공중력**

어린이 놀이터에 있는 회전 그네를 빙글빙글 돌면서 타면 몸이 바깥으로 쏠린다. 자동차가 빠른 속도로 방향을 틀면 몸이 차 벽으로 밀린다. 이는 회전하는 원의 중심에서 멀어지려는 힘인 '원심력'이 작용하기 때문이다. 우주공간에서 인공중력은 바로 이러한 원심력을 이용해 만든다. 거대한 원통형 시설을 회전시키면 원심력이 생기고, 우주선 안에 있는 사람은 마치 중력이 작용하는 것처럼 느끼게 된다.

버스 스포츠 활동을 통해 우리는 우주에서 몸을 단련하고 근력을 길렀다.

참고로 메타버스에서 우리가 운동만 한 것은 아니다. 우리는 메타버스에서 사회성을 길렀고, 온갖 체험을 하며 지식을 쌓았다. 메타버스는 우주에서 사는 우리가 실제 지구를 경험하는 유일한 공간이었다.

메타버스에서 스포츠 활동을 할 때 그 안에는 별의 아이들만 있지 않았다. 메타버스에서 만나는 아바타 중에는 에이다가 만들어낸 가상의 존재들이 많았고, 그들은 사람이 조종하는 아바타와 구별할 수 없었다. 에이다는 바로 그 점을 활용하라고 했다. 다른 단원들이 스포츠 활동을 하는 메타버스에 가상의 아바타로 위장해 들어가면 자연스럽게 접근이 가능하다. 모두가 스포츠 활동에 들어간 시간에 맞춰 우리는 한 명씩 각 모둠에 접근해 보기로 했다. 나는 1호실, 오로라가 2호실, 3호실은 미다스, 4호실은 로잘린이 맡았다.

* * *

나는 5호실 한편에 마련된 운동실로 들어갔다. 운동실은 혹시라도 모를 충격에 대비해 사방에 충격 흡수장치가 되어 있었다. 오감 VR기기를 입고 메타버스에 접속했다. 처음에는 흐릿하던 화면이 점점 진해지더니 헬스장이 나타났다. 근력을 단련하기 위해서 꼭 필요한 과정이 헬스였다.

헬스장에는 여러 아바타가 있었는데 실재하는 인물은 두 명뿐이었다. 나는 에이다로부터 신상정보를 건네받았기 때문에 그들의 생김새를 정확히 알고 있었다. 이곳 메타버스는 제1지구의 메타버스와 달리 본인의 생김새가 메타버스에서도 그대로 유지된다. 헬스장에는 1호실의 남자 단원인 '아르커'와 '베루스'가 있었다. 여자 단원인 '디오네'와 '조르주'는 헬스장에 없었다. 나는 일단 아르커와 베루스에게 다가갔다.

짧은 머리에 날카로운 눈매를 한 아르커는 이제 막 운동을 시작했는지 표정이 여유로웠다. 아르커는 케이블머신 가운데에 서서 두 손으로 손잡이를 잡고 약간 구부정한 자세를 취했다. 케이블머신의 ㄷ자 구조물 왼편 아래에는 질량이 10kg이라고 적힌 무쇠원판이 있었다. 무쇠원판에는 케이블이 달렸고 그 케이블은 도르래와 연결되어 있다. 도르래는 레일을 따라 위아래로 이동하는데, 위에서 아래로 당기는 운동을 할 때는 도르래를 케이블머신 위에 고정하고, 아래에서 위로 당기는 운동을 하고 싶을 때는 도르래를 케이블머신 아래에 고정하면 된다. 구조물 오른편 기둥에는 모니터가 달렸는데 '무게 98N(뉴턴)'이란 숫자가 파랗게 빛났다. 아르커는 가볍게 잡아당기는 운동을 열 번 하더니 잠시 쉬고는, 다시 손잡이를 잡았다.

**아르커** 무게를 두 배로 올려줘.

아르커가 말하자 모니터의 숫자가 98N에서 196N으로 바뀌었다. 무쇠 원판의 질량은 10kg으로 변화가 없는데, 무게만 98N에서 196N으로 두 배 늘어난 것이다. 무게가 늘어나자 아르커는 더 많은 힘을 써야 했다. 이번에도 열 번을 잡아당기더니 휴식을 취했다. 세 번째 운동에 들어가기 전에 아르커는 또다시 무게를 올려달라고 했다.

**아르커** 무게를 세 배로 올려.

모니터의 숫자가 294N으로 바뀌었다. 물론 그때에도 무쇠원판의 질량은 10kg으로 변함이 없었다. 아르커는 무게를 392N으로 올리더니 결국엔 490N까지 늘렸다.

아르커가 쓰는 헬스 기구는 질량과 무게의 관계를 이용해 작동하는 기기였다. **kg으로 표시되는 질량은 우주 어디에서도 변하지 않는다.** 원판 10kg의 질량은 우주 어떤 곳에 가도 똑같다. 달이든 화성이든 목성이든 중력이 거의 없는 곳에서 측정하든 항상 10kg이다. 그러나 **무게는 중력가속도의 영향을 받기 때문에 그 값이 행성에 따라 다르다.** 지구에서 98N이면 달에서는 16.2N이 되고, 화성에서는 37.1N이 되며, 목성에서는 247.9N, 중력이 영향을 끼치지 않는 데서는 0에 가깝게 된다.[4]

그러니까 내 몸무게는 지구에서는 490N(50kg)이지만 달에서는 81N, 화성에서는 185.5N, 목성에서는 1,239.5N이 된다.[5]

아르커가 쓰는 헬스기구는 질량은 그대로 두고 중력만 조절해서 무게를 늘리는 방식으로 작동했다. 현실에서는 그런 기술을 구현하기가 매우 어렵지만 이곳은 가상공간인 메타버스이므로 쉽게 구현이 가능한 방식이었다. 운동을 마친 아르커가 케이블머신에서 뒤로 물러나자 모니터 화면이 꺼졌다. 아르커가 어깨와 고개를 돌리며 힘을 쓴 근육을 푸는데,

---

### 4 질량과 무게

무게(N, 뉴턴) = 질량(kg) × 9.8(중력가속도, m/s$^2$)

| 구분 | 중력가속도(m/s$^2$) | 비교 |
|---|---|---|
| 지구 | 9.8 | – |
| 달 | 1.62 | 지구의 약 1/6 |
| 화성 | 3.71 | 지구의 약 2/5 |
| 목성 | 24.79 | 지구의 약 2.5배 |

· 양팔저울로 측정하면 10㎏의 물건은 지구, 달, 화성, 목성 어디서나 똑같이 10㎏이다. 그러나 용수철저울로 측정하면 측정하는 장소의 중력에 따라 그 무게가 달라진다.

| 구분 | 지구 | 달 |
|---|---|---|
| 질량 | | |
| 무게 | | |

### 5 내 몸무게는 얼마일까?

우리는 흔히 '내 몸무게는 50㎏'이라고 말한다. 그러나 그것은 정확한 표현이 아니다. '내 몸의 질량은 50㎏'이라고 해야 맞다. 우리가 전자저울로 몸무게를 잴 때 나타나는 숫자는 무게가 아니라 질량을 표시한다. 전자저울은 지구의 중력에 영향을 받기 때문에 무게를 측정한 다음, 무게를 9.8로 나눈 값인 질량을 수치로 보여준다.

러닝머신을 타던 베루스가 다가왔다.

**베루스** 겨우 10kg을 매달고서 무슨 운동이 된다고.

**아르커** 모르는 소리 마. 질량은 10kg이지만 케이블머신 아래에 설치된 중력장치의 힘을 강화해서 무게를 키웠어.

**베루스** 얼마나 키웠는데?

**아르커** 중력을 한 단계씩 올려서 다섯 배까지 키웠어.

**베루스** 질량 10kg이면 무게가 98N인데, 거기에 다섯 배면 무게가 490N이네. 그런데 나라면 여섯 배까지 중력을 키워서 할 수 있어.

**아르커** 허세는…. 어디 해봐.

베루스는 피식 웃더니 손잡이를 붙잡고 자세를 취했다. 아르커는 중력을 여섯 배 키우도록 케이블머신에 지시했다. 원판의 질량은 여전히 10kg이었지만 무게는 처음보다 여섯 배가 늘어난 588N이 되었다. 베루스는 입을 굳게 다물고 줄을 잡아당겼다. 줄 끝에 매달린 10kg 원판이 위로 올라갔다 내려가기를 반복했다. 그럴 때마다 베루스의 근육이 팽팽하게 부풀었다. 열 번을 당긴 베루스는 팔뚝을 내보이며 의기양양한 표정을 지었다.

**아르커** 나라고 못 할 줄 알아?

입을 앙다문 아르커가 헬스 기구의 손잡이를 잡았다.

**아르커** 무게를 600N으로 올려줘.

모니터의 숫자가 600N으로 바뀌고, 아르커는 온 힘을 다해서 줄을 잡아당겼다. 근육에 엄청난 힘이 들어갔다. 아르커는 신음을 터트리며 줄을 잡아당겼고, 그럴 때마다 10kg이 적힌 무쇠원판은 위로 끌어올려졌다. 열 번을 잡아당긴 아르커는 고함을 지르며 주먹을 불끈 쥐었다. 베루스는 싱긋 웃더니 다른 기구로 가서 힘 자랑을 했다. 아르커와 베루스는 그 헬스 기구에서 또다시 누가 더 힘이 센지를 두고 계속 경쟁했다.

아르커와 베루스는 승부욕이 강하지만 단순했다. 서로 경쟁하고 잘난 척하기는 해도 상대방의 기분을 나쁘게 하지는 않았다. 둘 사이에 끈끈한 우정이 느껴졌다. 대화를 나누고 싶었지만 끼어들 틈이 없었다. 나는 몇 번 헬스 기구를 사용하는 척하다가 운동장에서 들리는 시끄러운 소리에 이끌려 밖으로 빠져나왔다.

운동장에서는 열 명의 여자애들이 쉼 없이 소리를 질러댔다. 축구장 1/4 크기에서 공을 차는 풋살이었는데 사방이 벽으로 막혀 있어서 공이 밖으로 나가질 않았다. 그렇다 보니 반칙이 나오지 않는 한 경기가 계속

이어져, 보통 축구보다 체력 소모가 심했다.

경기장에서 뛰는 열 명의 선수 중 1호실의 디오네를 찾는 건 어렵지 않았다. 실력이 탁월했기 때문이다. 디오네는 공을 잘 다뤘다. 공을 손으로 다루는 것처럼 자유로웠다. 무엇보다 힘 조절이 뛰어났다. **힘이란 물체의 모양이나 운동 상태(힘의 방향, 속도)를 변하게 하는 것**이다. 축구에서는 발로 공을 다루기 때문에 힘 조절이 쉽지 않다. 그런데 디오네는 적절한 방향으로, 적절한 힘을 주어 공을 찼다. 마치 화살표와 길이로 미리 측정해서 공이 갈 방향과 길이를 계산하는 것 같았다.[6]

공을 패스할 때마다 정확하게 자기 편에 전달했고, 덕분에 기회가 많이 생겼다. 디오네는 후방에서 공을 배급하는 역할을 했는데, 디오네에게 공이 가면 나도 모르게 기대감이 생겼다.

다만 디오네는 몸집이 크지 않아서 몸싸움에 약한 게 흠이었다. 상대방은 기술에서 밀리니 몸으로 부딪쳐 왔다. **힘은 질량에 비례**한다. 따라서 덩치가 큰 상대방이 디오네에게 부딪치면 디오네가 밀릴 수밖에 없었다. 디오네는 기술로 힘의 차이를 극복하긴 했지만 상대방이 집중적으로 몸싸움을 걸어오자 점점 지쳐갔다. 경기가 끝나자 디오네는 운동장에 털썩 주저앉았다.

---

6 **힘의 방향과 길이**

힘은 화살표의 형태로 시각화할 수 있다. 힘이 향하는 방향은 화살표가 가리키는 방향이며, 화살표의 길이는 힘의 크기를 나타낸다. 만약에 화살표 1㎝가 1N이라고 할 때, 왼쪽으로 향하는 5㎝ 길이의 화살표가 있다면 그것은 왼쪽으로 5N의 힘이 가해졌다는 뜻이다.

경기를 구경하던 나는 디오네와 이야기를 나눠보려고 일어섰다. 그런데 갑자기 하늘에서 휘이잉 소리가 나며 낯선 손길이 내 어깨를 슬쩍 치고 사라졌다. 나는 깜짝 놀라 옆으로 피하며 위를 봤다. 웬 여자애가 발목에 밧줄을 묶고 붕 떠올랐다가 다시 떨어졌다. 발목, 밧줄, 공중낙하, 출렁이는 움직임을 연결하니 자연스럽게 번지점프가 떠올랐다. 번지점프 밧줄은 축구장 양쪽 귀퉁이에 세워진 두 기둥을 연결한 철제 빔에 묶여 있었다. 에이다가 준 자료에서 조르주가 겁이 없고 모험심이 강한 성향이라는 소개글은 봤지만 이 정도일 줄은 상상도 못 했다. 출렁거림이 잦아들자 조르주는 줄에 매달린 채 서서히 아래로 내려왔다. 그리고 내 옆으로 와서 앉더니 발목에 묶인 줄을 풀었다.

**조르주** 너 사람이지? 딱 봐도 에이다가 만든 아바타는 아니야. 에이다가 만든 아바타는 너처럼 잘생기지 않았거든. 거기다 디오네만 쳐다보고. 에이다는 우리끼리 교류하는 걸 허용하지 않았는데 어떻게 여기 왔어? 에이다가 30명이 다 찰 때까지는 서로 못 만나게 한다고 했는데. 무슨 일 있지?

조르주는 내 답변은 기다리지도 않고 깨진 소행성에서 유성이 휘몰아치듯이 말을 쏟아냈다. 산만하고 무모하고 거리낌이 없었다. 그리고 머리가 좋았다. 꽤 매력 있는 성격이었다.

**아이작** 머리 좋네. 다 맞췄어.

**조르주** 솔직하게 다 인정하는 거야? 변명이나 거짓말 한마디도 없이? 제법이네. 너 정말 마음에 들어. 그러고 보니 정말 잘생겼네. 안드로메다은하보다 더.

**아이작** 난 아이작.

**조르주** 아, 네가 아이작이구나? 소행성대에서 사고 친…. 그나저나 이름은 별로다. 고리타분한 옛날 과학자가 쓰던 이름이라니. 난 조르주. 매력이 철철 넘치는 이름이지.

조르주가 말한 그 고리타분한 과학자의 이름은 **'아이작 뉴턴'**이다. 만유인력의 법칙을 발견해 과학의 역사, 아니 인류의 역사를 바꾼 위대한 천재다. 그런 분의 이름을 물려받았기에 나는 언제나 내 이름이 자랑스러웠다. 조르주가 내 이름을 깎아내렸지만 나는 조금도 동요하지 않았다. 나는 여전히 내 이름이 좋다. 떨어지는 사과 하나에서 위대한 발견을 이끌어내는 과학자보다 매력이 넘치는 인간은 세상에 없으니까.

**아이작** 에이다한테 네 성격이 어떤지는 대충 들었는데…, 다치면 어쩌려고 여기서 번지점프를 해.

**조르주** 뭐 어때, 어차피 죽지도 않는데. 뭐 충격이야 제법 크겠지만….



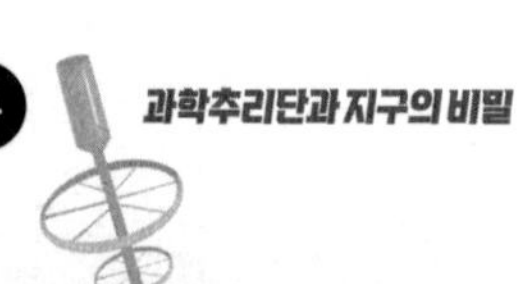

**아이작** 상당히 아플 거야.

**조르주** 내 몸의 질량, 이곳 메타버스에 설정된 중력, 저기서 바닥까지 떨어진 거리, 줄이 늘어나는 정도까지 정확히 계산해서 줄의 길이를 정했어. 그러니 절대 다치지 않아.

**아이작** 아무리 그래도 그렇지….

**조르주** 소문대로라면 너야말로 엄청 무모하던데 나한테 그런 지구 꼰대 같은 얘기를 하다니 실망인걸.

**아이작** 나는 무모한 게 아니라 그냥 호기심이 많은 거야.

**조르주** 난 과학을 신봉해. 과학은 절대 배신하지 않거든. 사람과 달리….

조르주의 말에서 어떤 사연이 느껴졌다. 궁금했지만 스스로 밝히지 않는 사연을 굳이 듣고 싶지는 않았다. 그 대신에 도대체 왜 이런 짓을 벌이는지는 알고 싶었다.

**조르주** 왜 번지점프를 하냐고? 무중력을 경험하고 싶으니까.

**아이작** 무중력은 우주에서 살면서 그동안 지긋지긋하게 경험하지 않았어?

**조르주** 올림포스에 온 뒤로는 한 번도 못 해봤으니까. 몸이 중력에 속박당하는 건 끔찍해. 내 몸이 돌덩이 같아.

**사람이 무게를 느끼는 것은 중력이 작용하기 때문**이다. 지구의 표면에서는 누구나 중력의 영향을 받는다. 따지고 보면 우주 전체에서 중력의 영향이 미치지 않는 곳은 없다. 지구 밖에서는 그 힘이 워낙 미약해서 느끼지 못할 뿐이다. 중력의 속박에서 벗어나고픈 조르주의 마음은 자유를 향한 갈망이었다. 그 갈망은 내 안에서도 항상 꿈틀거리기 때문에 조르주의 심정에 공감할 수 있었다.

**조르주** 그나저나 무슨 일 때문에 왔는지는 얘기해 주지 않을 거지?

**아이작** 아직 말할 때가 아니라서.

**조르주** 그래야겠지. 그래도 반가워. 널 알게 돼서.

**아이작** 그래, 나도 반가워.

**조르주** 무슨 일이 벌어졌는지 모르지만 디오네는 그런 짓을 할 애가 아니야. 걔는 축구 외에는 관심이 없어. 제1지구에서 살았으면 멋진 축구 선수가 되었을 거야.

나는 조르주의 두 눈을 골똘히 쳐다봤다.

**조르주** 날 의심하고 싶으면 해. 뭔지 모르지만. 이 지루한 생활에서 나쁜 짓을 했다고 의심받는 건 짜릿하니까.

**아이작** 원하면 실컷 의심해 줄게.

**조르주** 히히, 역시 넌 내 취향이야. 혹시 번지점프 안 해볼래?

**아이작** 사양할게.

**조르주** 아쉽네. 짜릿한데. 나중에 또 보자. 난 허락된 시간이 얼마 남지 않아서.

조르주는 한쪽 눈을 찡긋하더니 손을 흔들며 기둥으로 달려가, 기둥에 결합된 사다리를 타고 위로 올라갔다. 운동장에 쓰러져 있던 디오네는 어느새 일어나서 다시 축구를 하고 있었다. 1호실 네 명은 전부 운동에 푹 빠진 애들이었다. 어떤 감춰진 면이 있는지는 모르겠지만 일단은 그리 의심할 만한 구석이 없었다. 나는 오감 VR기기를 끄고 메타버스에서 빠져나왔다. 친구들도 한 명씩 메타버스에서 벗어났다. 우리는 서로가 메타버스에 들어가서 벌어진 일을 찍은 영상을 공유했다.

* * *

2호실을 맡은 오로라의 모습은 밀림과 초원이 만나는 접경지에서 처음 나타났다. 왼편은 약간 굴곡진 지형에 드넓게 자리 잡은 초원이고, 오른편은 울창한 숲이 우거진 얕은 구릉지대였다. 초원 위로는 하늘거리는 산들바람이 불어오고, 숲에서는 합창단의 노래를 닮은 정겨운 새소리가 살랑살랑 꼬리를 쳤다. 들녘과 숲을 자세히 살펴보니 작은 동물들이 곳곳에서 뛰어놀았다. 메타버스는 제2지구의 생태계를 모방해서 만들어놓은 곳이다. 제2지구는 제1지구와 달리 생명이 넘치는 땅이기에 눈이 닿는 곳마다 생명이 살아서 움직였다.

그때 매서운 소리가 아름답고 조화로운 노래를 찢으며 날카롭게 퍼졌다. 쇠를 긁는 것 같기도 하고, 화가 나서 으르렁거리는 소리 같기도 하고, 고통에 차서 울부짖는 신음 같기도 했다. 오로라는 그 소리가 나는 숲속으로 조심스럽게 발길을 옮겼다. 울창한 숲이었지만 나무들이 워낙 굵고 커서 걷기에는 수월했다. 귀를 곤두세우고 걸어가던 오로라는 쇠로 만든 포획틀이 나무에 묶여 있는 것을 발견하고는 나무 뒤에 몸을 숨겼다.

굵은 철사를 촘촘히 엮어서 만든 포획틀 상자 안쪽에는 진한 냄새를 풍기는 먹이가 놓여 있었다. 포획틀의 좁은 면에는 문이 달렸고, 그 문에는 용수철이 연결되어 있었다. 팽팽하게 늘어난 용수철은 작은 충격만 가해져도 원래대로 돌아갈 기세였다. 문에 살짝 걸린 걸쇠가 없다면 바로 용수철이 원래 형태로 돌아가며 문이 닫힐 것이다. 문을 고정한 걸쇠는 음식을 두는 곳의 발판과 연결되어 있는데, 만약 동물이 포획틀 안에 들어가서 발판을 밟으면 걸쇠가 풀리게 된다. 그러면 잡아당기는 힘이 사라진 용수철이 원래 형태로 수축하고 동물은 포획틀에 갇히게 된다. 안에 갇힌 동물이 빠져나오려면 용수철을 늘일 만한 힘이 있어야 하는데, 그 포획틀에 들어갈 만한 동물이 그만한 힘을 발휘하기는 쉽지 않다. 제1지구에서는 길고양이를 잡을 때 주로 사용하는 도구다. 제2지구에서는 그 포획틀을 밀림과 초원에 사는 작은 동물들을 잡기 위해 사용하고 있었다.

안쪽에서 밖으로 용수철을 미는 방식의 포획틀도 있는데, 문을 안쪽으로 닫아서 용수철을 잔뜩 수축시키고 걸쇠를 걸어놓는다. 걸쇠가 풀리면 용수철은 원래 형태로 돌아가기 위해 늘어나고 그 힘으로 문이 닫힌다. 머리를 들이대면서 밀고 나가려는 동물들은 밖에서 안으로 닫히는 포획틀의 문을 밀고 나가려고 한다. 가끔 용수철이 살짝 늘어나면서 문이 밀리기도 하지만, 동물이 그 틈새로 빠져나가려 하다가 문틈에 끼면 크게 다친다. 그래서 대부분의 포획틀은 안에서 밀어도 열리지 않는 문이 달린 형태다.

밖에서 안으로 닫히든, 안에서 밖으로 닫히든 두 종류의 포획틀은 모두 용수철의 탄성력을 이용한 도구다. **탄성이란 힘을 받아 변형된 물체가 원래 모습으로 되돌아가려는 성질**이다. **탄성이 있는 물체를 탄성체**라 하는데 용수철, 고무줄, 시계 태엽 등 탄성체의 예는 무수히 많다. 사람의 피부도 탄성이 있다. 피부에 탄성이 없다면 조금만 잡아당겨도 원래 형태로 돌아가지 못해서 제대로 생명 활동을 할 수가 없을 것이다. **탄성력이란 변형된 물체가 원래 모습으로 되돌아가려는 힘**이다. **탄성력은 탄성체에 작용하는 힘의 방향과 반대 방향으로 작용**한다. 그러니까 탄성체를 변형시키면 원래 모양으로 돌아가려는 방향으로 탄성력이 작용하는 것이다.

예를 들어 피부를 잡아당기면 피부는 원래 자리로 돌아가려고 수축

한다. 반면 손으로 피부를 쑥 누르면 다시 팽팽해지는 쪽으로 탄성력이 작용한다. 빨래집게도 벌리면 원래대로 돌아가려 하고, 그 힘으로 바람에 날리지 않게 빨래를 꽉 붙잡는다. 원래대로 돌아가려는 용수철의 경우 두 손으로 양쪽에서 잡아당기면 탄성력은 용수철이 수축하는 방향, 즉 원래 형태로 돌아가려는 방향으로 작용한다. 만약에 용수철을 양쪽에서 가운데로 밀면 탄성력은 용수철이 원래 형태로 돌아가는 방향, 즉 용수철이 길어지는 방향으로 작용한다. 포획틀은 바로 이러한 용수철의 탄성력이 지닌 특성을 이용한 것이다.

때마침 음식 냄새를 맡은 작은 동물이 포획틀로 접근했다. 생김새가 제1지구의 족제비와 비슷했다. 족제비는 포획틀 입구에서 주저하며 경계했지만 강렬한 음식 냄새가 풍기는 유혹을 이겨내지 못했다. 입구로 성큼 들어선 족제비는 곧바로 음식에 입을 댔고, 발이 발판을 누르자마자 걸쇠가 풀렸다. 탄성력을 받은 용수철은 원래 형태로 돌아오기 위해 수축했고, 문은 쇳소리를 내며 닫혔다. 족제비는 분노에 찬 신음을 흘리며 발버둥을 쳤지만 쇠로 된 포획틀에서 벗어나기는 불가능했다.

족제비가 내는 애달픈 울음이 지속되자 사람 기척이 났다. 까만 눈동자에 맑은 피부, 긴 머리카락의 '파이안'이었다. 파이안은 피부가 유난히 곱고 빛났다. 파이안은 포획틀에 갇힌 족제비를 보자 눈물을 글썽이더니 포획틀의 문에 손을 댔다. 족제비가 날뛰면서 하얀 이를 드러냈지만 파이안은 아랑곳하지 않고 문을 열었다. 잔뜩 경계하던 족제비는 열린 문으

로 잽싸게 도망쳤다.

**오로라** 어차피 메타버스인데 굳이 왜 풀어줘?

오로라는 대뜸 파이안에게 말을 걸었다. 파이안은 족제비를 바라보던 그 눈빛 그대로 오로라를 보았다.

**파이안** 어디에서든 동물이 고통당하는 모습은 보기 싫어.

**오로라** 로잘린도 맨날 그 소린데. 하긴 뭐 성향이 비슷한 게 이상하진 않지.

**파이안** 넌 누구야?

**오로라** 난 오로라. 이번에 5호실에 왔어.

**파이안** 여긴 어떻게?

**오로라** 에이다가 접촉을 금지한 거? 알지. 그런데 접촉을 하러 내가 왔다는 건 상황이 변했다는 말이지. 그래서 말인데 다른 애들은 어딨어?

오로라의 질문에 파이안은 고운 이마를 찌푸리며 머리를 쓸어 넘겼다. 그러고는 짙은 녹음을 뿜어내는 숲을 향해 눈길을 돌렸다.

**파이안** 숲에서 활로 사냥하고 있어.

**오로라** 그럼 나도 숲으로 들어가야겠네. 참, 너, 적당히 해. 여기서야 별일 없겠지만 제2지구로 내려가면 그런 착한 심성으로는 버티기 힘들어. 짐승들이 네 진심을 알아줄 리도 없고.

파이안은 숲으로 들어가는 오로라를 가만히 보더니 다른 신음이 울리는 포획틀을 향해 발길을 옮겼다.

오로라가 들어간 숲은 조금씩 험해졌다. 바위도 많고 작은 개천도 건너야 했다. 산을 타기에 오로라의 옷은 불편해 보였고 신발도 자꾸 미끄러졌다. 몇 번 넘어질 뻔하자 오로라는 에이다를 불렀다.

**오로라** 에이다. 부탁인데 내 옷을 탄성이 좋은 섬유로 바꿔줘. 신발도 마찰력이 좋은 걸로 바꾸고, 이왕이면 활도 챙겨줘. 탄성력이 좋은 제품으로.

에이다는 곧바로 오로라의 부탁을 들어주었다. 오로라의 옷이 몸에 착 달라붙은 탄성섬유 재질로 바뀌었다. 탄성이 좋으니 이전보다 몸을 움직이기 편했다. 신발도 마찰력이 좋은 제품으로 바뀌었다. 비탈진 길이나 이끼 낀 바위를 밟아도 신발 바닥의 마찰력 때문에 미끄러지지 않았다.

활을 들고 화살통을 등에 멘 오로라는 빠르게 산을 탔다. 그러다 사

냥을 하며 외치는 소리가 들려오는 곳을 향해 접근했다. 약 5m 높이의 절벽 위에서 아래를 내려다보았더니, 작은 나무 몇 그루만 있는 풀밭이 펼쳐진 넓은 분지였다. 풀밭에서 가젤 한 마리가 이곳저곳을 뛰어다니고 '주디스', '마르스', '오르도'가 그 가젤을 향해 수시로 화살을 쏘고 있었다. 그러나 가젤이 워낙 빨라서 화살은 계속 빗나갔다. 추격하던 주디스와 마르스, 오르도는 숨을 헐떡였고, 사방이 절벽이라 도망칠 데가 없는 가젤은 계속 사냥꾼들의 눈치를 살폈다.

멀리서 이를 지켜보던 오로라가 화살을 시위에 메기고 가젤을 겨냥했다. 먼 거리에서 사냥에 성공하려면 활시위를 강하게 당겨야 했다. **탄성체에 작용하는 힘의 크기가 클수록 탄성력이 크다.** 따라서 강한 힘을 받게 하려면 오로라가 그만큼 힘을 많이 써야 했다. 오로라의 활은 꽤나 커서 활시위를 당기기가 쉽지 않았지만 오로라는 있는 힘을 다 쏟아서 활시위를 끝까지 당겼다. **탄성력은 탄성체의 변형 정도가 클수록 커진다.** 따라서 활시위가 거의 끝까지 당겨졌다는 말은 그 활이 지닌 최대의 탄성력이 활시위에 실렸다는 뜻이다.

호흡을 멈추고 가젤을 조준한 오로라는 활시위를 놓았다. 팽팽하게 당겨졌던 활시위의 탄성력을 받은 화살은 엄청난 속도로 허공을 갈랐다. 꽤나 먼 거리였지만 워낙 강한 탄성력이 실렸기에 화살은 그 먼 거리를 빠르게 뚫고 갔다. 세 사람만 경계하다가 느닷없이 날아오는 화살 소리에 놀란 가젤이 피하려 했지만, 가젤의 반응보다 화살이 빨랐다. 강한 탄성력이 실린 화살은 가젤의 몸통을 정확히 꿰뚫었다. 느닷없이 날아온 화살에 가젤이 쓰러지자 주디스, 마르스, 오르도는 놀라며 주위를 살피다 절벽 위에서 활을 들고 서 있는 오로라를 발견했다. 오로라는 여유 있게 손을 흔들고는, 절벽에 매달린 밧줄을 잡고 아래로 내려갔다.

**마르스** 활 솜씨 좋네.

**오로라** 운이 좋았어.

**마르스** 그런 건 운이 아니라 실력이라고 해야지. 아무튼 멋져. 우리 말고는 사냥에 흥미 있는 애들이 없는 줄 알고 실망했는데, 반가워.

**오르도** 제2지구에 정착해서 지내려면 사냥 솜씨가 최우선이야. 화약 무기는 없으니 위협을 방어하려면 활이 최고지.

**주디스** 그나저나 넌 뭐야? 여긴 왜 왔어? 에이다가 허락해 준 거야? 우리가 그렇게 부탁해도 들어주지 않더니….

**오르도** 상황이 변했다는 뜻이지. 무슨 사건이 생겼거나.

**오로라** 난 5호실 소속 오로라야. 얼마 전에 새로 왔어. 너흴 만나러 온 건 오르도 네 말처럼 올림포스 안에서 나쁜 짓을 벌인 애가 있어서 그래. 그 범인이 누군지 찾으려고.

**마르스** 그렇게 대놓고 말해도 돼? 비밀 아니야?

**오로라** 비밀은 무슨. 그 짓을 자기가 했으면 이미 아니까 별 상관이 없고, 범인이 아니면 아무 잘못이 없으니 알아도 무슨 상관이 있겠어.

**주디스** 맞는 말이긴 한데… 무슨 일이야?

**오로라** 별거 아니야. 도둑이 들어서. 잡으려고.

**오르도** 도둑이라고? 올림포스에서? 모든 곳에 에이다가 있는데 도둑질을 해? 그리고 에이다가 도둑을 못 잡아서 이제 갓 들어온 신입들에게 과제를 주었어? 그게 말이 돼?

**마르스** 모를 수 있지. 올림포스엔 감시카메라가 없잖아.

**오르도** 그래도 말이 안 돼. 에이다는 우리의 모든 걸 안다고.

**마르스** 천만에. 에이다도 모르는 거 많아.

**오르도** 에이다는 다 알아.

뭐라고 대꾸하려던 마르스가 어깨를 으쓱하더니 입을 다물었다. 그때 푸드득거리는 소리가 나며 새가 날아올랐다. 마르스는 재빨리 허리춤에 찬 새총을 꺼내더니 소리가 나는 방향을 겨냥했다. 있는 힘껏 잡아당겨 돌멩이에 탄성력을 최대한 실은 다음 곧바로 쐈다. 하늘을 가른 돌멩이는 막 날아오르던 새의 날개에 정확히 맞았다. 날개가 부러진 새는 빙글빙글 회전하며 절벽 위로 떨어졌다. 마르스는 활 솜씨보다 새총 솜씨가 훨씬 좋은 듯했다.

**마르스** 내가 용의자는 아니지?

**오로라** 뭐 아직은…. 그렇지만 아니라고 할 수도 없지.

**마르스** 아직 아니면 됐어. 그럼 나는 하던 사냥이나 계속할게.

새가 떨어진 절벽 쪽으로 뛰어간 마르스는 에이다에게 부탁해서 트램펄린을 설치했다. 그리고 조금 떨어진 곳에서 빠르게 달려가 높이 도약하더니 트램펄린의 탄력을 이용해 절벽 위로 뛰어올랐다. 트램펄린의 탄성력이 마르스를 절벽 위까지 뛰어오르게 한 것이다. 오르도도 마르스의 뒤를 따라 같은 방법으로 절벽 위로 올라갔다.

**주디스** 단순한 도둑이 아니지?

**오로라** 아직 몰라.

**주디스** 에이다가 직접 나서지 않았다는 건 그만큼 심각하단 뜻인데….

**오로라** 미리 겁먹지 않아도 돼.

**주디스** 그러길 바라지만… 예감이 안 좋아.

**오로라** 세상에 예감 따위는 없어. 예감은 과학이 아니야. 모든 일은 과학으로 판단해야지.

**주디스** 그러면 좋겠지만, 과학이 만능은 아니잖아.

주디스는 쓴웃음을 짓더니 역시 트램펄린을 이용해 절벽 위로 올라가 버렸다. 그들이 사라진 곳을 물끄러미 보던 오로라는 에이다에게 나가겠다는 신호를 보냈다.

* * *

3호실을 맡은 미다스는 풍경보다 소리를 먼저 들었다. 가죽에 조그만 물건이 부딪칠 때처럼 '퍽' 소리가 일정한 간격으로 들렸다. 곧이어 황토색 맨땅에서 모자를 쓴 '오피뉴'가 땀을 뻘뻘 흘리며 모습을 드러냈다.

오피뉴는 야구 글러브를 끼고 투구 자세를 취하고는 포수에게 공을 던졌다. 공이 포수 글러브에 들어갈 때마다 '퍽' 소리가 울렸다. 그러다 공이 미끄러졌는지 엉뚱한 방향으로 날아갔다. 오피뉴는 인상을 쓰더니 손바닥을 노려봤다. 아무래도 손에 땀이 나서 미끄러진 모양이었다. 오피뉴는 허리를 굽혀 바닥에 놓인 송진 주머니를 만졌다. 하얀 송진 가루가 날리며 손 색깔이 하얗게 변했다. 다시 야구공을 쥔 오피뉴는 있는 힘껏 공을 던졌다. 공은 포수의 미트로 빠르고 정확하게 꽂혔다. **송진 가루가 마찰력을 키워서 오피뉴가 원하는 방향으로 공이 정확하게 가게 만든 것**이다.

땀을 뻘뻘 흘리면서도 오피뉴는 투구 연습을 멈추지 않았다. 투구가 끝나길 기다리던 미다스가 시간을 확인하더니 오피뉴에게 다가갔다. 다시 송진 가루를 만지려던 오피뉴는 미다스를 발견하고는 글러브에서 공을 빼 오른손에 들었다.

미다스　나는 이번에 새로 5호실로 온 미다스야. 에이다가 보내서 왔어.

오피뉴　에이다가 보냈다고? 우린 늘 에이다와 소통해. 그런데 왜 널 보내?

미다스　그럴 만한 사연이 있어. 다른 애들은 어딨어?

오피뉴는 비탈진 언덕 위를 가리켰다. 넓은 운동장 끝에 언덕과 연결된 매끈한 경사면이 있고, 경사면 좌우 끝에 계단이 설치되어 있었다.

미다스　다 같이 얘기 좀 하자. 그래도 되지?

오피뉴는 공을 몇 번 던졌다 받기를 반복하더니 글러브와 공을 바닥에 내려놓았다. 계단까지 가려면 제법 멀었다. 다행히 경사면은 그리 미끄러워 보이지 않았다. 미다스는 경사면을 향해 걸었고 오피뉴는 말없이 그 뒤를 따랐다. 경사면의 기울기가 높아서 오르기가 힘들었지만 아래로 미끄러지지 않을 정도의 마찰력은 있었다.

경사면을 다 오르자 거대한 빙판이 나타났다. 경사면 아래가 뜨거운 여름이라면 그곳은 한겨울이었다. 메타버스이기에 가능한 풍경의 전환이

었다. '셀레네'는 달빛처럼 밝았고, '이니스'는 무지개처럼 화사했다. 셀레네와 이니스 옆에는 컬링 경기에서 쓰는 스톤 수십 개가 놓여 있었다. 스톤의 생김새는 똑같았지만 그 크기와 표면의 거칠기는 모두 달랐다. 셀레네와 이니스는 각자 스톤의 무게를 재더니 무거운 정도에 따라 놓았다. 그러더니 부드럽게 다듬은 판자의 중심부에 스톤을 올려놓고는 판자 끝을 들어 올렸다. 일정한 각도로 올릴 때까지는 스톤이 미끄러지지 않았지만 기울기가 일정한 각도를 넘어서면 아래로 주르륵 미끄러졌다. 그럴 때마다 셀레네와 이니스는 스톤 위에 포스트잇을 붙이고 미끄러진 각도를 적어 넣었다. 스톤의 마찰력을 측정하는 것이었다.

빗면 위에 물체를 올려놓고 빗면의 기울기를 서서히 키우면 정지해 있던 물체가 어느 순간 미끄러진다. 그때 각도를 측정하면 물체의 상대적인 마찰력 크기를 비교할 수 있다. **빗면에 있는 물체가 바로 미끄러지지 않게 하는 힘이 마찰력**이기 때문이다. **마찰력은 두 물체의 접촉면 사이에서 물체의 운동을 방해하는 힘**이다. **마찰력은 늘 물체의 운동을 방해하는 방향으로 작용**한다. 어떤 물체에 힘을 가해도 움직이지 않고 계속 멈춰 있는 것은 힘의 방향과 반대 방향으로 작용하는 마찰력의 크기와 물체에 가해지는 힘의 크기가 같기 때문이다. 따라서 **정지해 있는 물체를 옮기려면 마찰력보다 큰 힘을 가해야 한다.** 물체는 힘을 받지 않는 한 자신의 운동 상태를 유지하려고 한다.[7] 그렇기에 **속도가 변하려면 힘이 가해져야 한다.**

---

7 이를 '관성의 법칙'이라고 한다.

**어떤 물체가 움직이다가 멈추는 것은 외부에서 마찰력이 작용했기 때문**이다.

지구 표면에 있는 모든 물체는 중력과 마찰력을 바탕으로 운동한다. 마찰력은 온갖 곳에 다 있다. 예를 들어 책 두 권을 서로 겹쳐서 끼워 넣은 다음 잡아당기면 웬만한 힘으로는 빼지 못한다. 종이 한 장 한 장이 만들어내는 마찰력은 크지 않지만 모이면 마찰력이 커지기 때문이다. 또 경사면에 비눗물을 잔뜩 뿌려놓으면 미끄러워서 올라갈 수가 없는데, 이는 비눗물의 마찰력이 너무 약해서 원하는 운동을 하기 어렵게 만들기 때문이다.

마찰력을 측정하는 방법은 여러 가지가 있지만 가장 단순한 방법은 셀레네와 이니스처럼 빗면의 기울기를 이용하는 것이다. 빗면에서 **미끄러지는 순간의 기울기가 커질수록 마찰력이 크다.** 또한 **무게가 무거울수록 마찰력이 크고, 무게가 같다면 접촉면이 거칠수록 마찰력이 크다.** 셀레네와 이니스는 바로 이러한 마찰력의 특성을 이용해 스톤을 분류했던 것이다.

스톤을 다 분류한 셀레네와 이니스는 스톤을 굴려서 과녁이 되는 원 안에 넣는 컬링 경기를 했다. 그런데 보통의 컬링이 고정된 과녁을 두고 경기를 펼친다면 셀레네와 이니스가 하는 컬링에서는 과녁이 계속 변했다. 공중에 떠 있는 드론이 레이저로 얼음 위에 동그라미 여러 개로 과녁을 만들었고, 그때마다 스톤을 밀어서 그 과녁의 중심에 얼마나 가까이 접근하느냐를 두고 점수를 매겼다. 스톤을 무게와 거칠기에 따라 분류한 이유도 거리가 수시로 변하는 과녁에 넣기에 적합한 스톤을 고르기 위한 것이었다. 스톤의 무게와 거칠기, 얼음의 미끄러움 정도를 정확히 계산한 뒤에 적절한 힘으로 과녁을 향해 스톤을 밀어야만 높은 점수를 얻을 수 있었다.

팽팽하게 진행되던 셀레네와 이니스의 경기는 마지막 순간에 이니스가 작은 실수를 하는 바람에 셀레네가 1점 차이로 승리하며 끝났다. 패배한 이니스가 다시 경기를 하자고 조르자, 셀레네는 시냇물처럼 환하게 웃으며 승낙했다. 그대로 두면 또다시 긴 시간을 기다려야 할 것 같아, 미다스는 그 틈에 재빨리 다가갔다. 오피뉴 덕분에 말을 걸기가 쉬웠다.

**미다스** 나머지 한 명은 어딨어?

**이니스** 라우라는 저 위쪽에 있어.

이니스가 다시 경사면을 가리켰다. 이번에도 경사면 좌우 끝에 계단이 보였다. 계단까지 너무 멀어서 경사면을 향해 갔다. 나머지 일행은 말없이 뒤를 따랐다. 처음 경사면보다 기울기가 더 높았다. 처음에는 몇 걸음 올라갔지만 계속 아래로 미끄러졌다. **기울기가 만드는 힘이 미다스의 손과 신발이 만들어내는 마찰력의 한계를 넘어섰기 때문**이다. 미다스는 하는 수 없이 계단으로 갔다. 계단에는 마찰력을 높여주는 미끄럼 방지 띠가 붙어 있었다. 그 덕분에 안전하게 계단을 오를 수 있었다. 힘들게 계단을 올라가자 험한 바위와 깎아지른 절벽이 시선을 가로막았다.

**미다스** 설마 저 절벽 위에 있는 거야?

**오피뉴** 라우라는 등반을 좋아해. 특히 암벽등반을….

**셀레네** 잠깐 기다리면 나타날 테니 기다려.

**미다스** 등반 중이라면 어떻게….

미다스의 말이 채 끝나기도 전에 신나게 내지르는 함성이 들리더니 낙하산과 함께 라우라가 허공에서 모습을 드러냈다.

**미다스** 설마 저 높은 절벽 위에서 그냥 뛰어내린 거야?

**셀레네** 낙하산을 멨잖아.

미다스는 고개를 절레절레 흔들었다. 잠시 뒤 라우라가 바로 옆에 내려섰다. 미다스는 낙하산을 벗는 라우라에게 다가갔다. 일행들은 미다스를 소개하며 어떤 상황인지 대충 설명했다.

**라우라** 그래서 무슨 사건이 벌어진 거야?

미다스는 머뭇거리지 않고 누가 광물 X를 훔쳐 갔으며, 에이다를 무력

화한 고양이발톱이란 무기가 사용되었다는 사실도 밝혔다. 나와 오로라는 이런 정보를 전하지 않았다. 사건이 일어났다는 사실만 밝히고 우리가 파악한 정확한 정보는 밝히지 않는 게 낫다고 판단했기 때문이다. 그래서 들어가기 전에 사건을 자세히 밝히지 말라고 부탁했는데도, 미다스는 그새 까먹고 사건의 진상을 모조리 말해버린 것이다. 미다스의 설명을 들은 셀레네와 이니스는 크게 걱정했다. 오피뉴는 심각한 표정을 지으며 고민했다. 예상할 수 있는 반응이었다. 그러나 라우라는 달랐다.

**라우라** 다 모아놓고 조사해. 각자의 소지품을 다 털면 나올 거 아니야. 뭘 그렇게 어렵게 생각해.

**오피뉴** 그렇게 간단하면 에이다가 5호실을 조사원으로 선정했겠어. 조사해도 안 나오니까 그렇게 한 거지.

**라우라** 우리도 조사 안 했잖아?

**셀레네** 범인이라면 누가 자기 방에 물품을 두겠어. 당연히 아무도 모르는 곳, 에이다의 통제권에서 벗어난 곳에 두었겠지.

**이니스** 너무 자연스러워서 아무도 의심하지 않을 곳에 두었을지도.

**미다스** 이런 말을 하긴 조심스럽지만, 서로 의심할 만한 걸 목격한 적은 없어?

**오피뉴** 지금 그 질문은, 우리를 의심하는 거야?

오피뉴가 인상을 찌푸리며 미다스에게 다가가자 미다스는 움찔하며 뒤로 한 걸음 물러났다.

**라우라** 뭘 그렇게 발끈해? 당연한 거 아니야? 쟤들은 이제 막 왔으니 범인이 아니고, 이미 와서 생활하던 열여섯 명 중에 범인이 있을 거고, 우린 그 열여섯 명에 속하니 당연히 의심을 받아야지.

**셀레네** 사건이 벌어진 그 시각은 모두 자유시간이었어. 그러니까 누구나 그 일을 벌일 기회는 있었어. 물론 에이다가 그걸 알아채지 못한 게 조금 이상하긴 하지만.

조금만 고민하다 보면 셀레네도 나와 같은 생각을 하게 될 듯했다. 똑똑한 애였다. 이니스가 미다스의 어깨를 가볍게 쳤다.

**이니스** 알다시피 우린 서로의 사생활을 존중해. 개인 자유시간에 뭘 하는지 간섭도 감시도 하지 않아.

그건 맞는 말이었다. 우리는 같이 생활할 때는 잠시도 떨어지지 않고 지냈지만, 혼자 지내는 시간이 주어지면 철저하게 혼자 지냈다. 사생활이 거의 없는 우주선에서 개인 자유시간은 누구도 침범할 수 없는 소중한

시간이기 때문이다. 미다스는 머리를 긁적이더니 한 걸음 뒤로 물러났다.

**미다스** 지금은 생각나지 않을지 모르지만 곰곰이 기억을 뒤지다 보면 분명히 뭔가 의심스러운 점이 떠오를 거야. 그러니까 나중에라도 기억나면 알려줘.

**셀레네** 그럼 에이다에게 말할게.

미다스와 3호실 아이들이 나누는 대화에서 의심할 만한 정황은 드러나지 않았다. 라우라의 태도가 과하게 자신감이 넘쳐서 거슬리긴 했지만, 그게 이 사건과 관계가 있어서 그런지, 아니면 성격 탓인지는 구분하기 어려웠다.

* * *

로잘린이 들어간 곳은 아름다운 호수였다. 햇살을 받은 호수 표면은 인어의 비늘처럼 빛나고, 호수 가운데 위치한 아담한 섬에서는 복숭아 향기가 퍼져 나왔다. 미풍에 실려 온 물결은 호숫가로 다가와 로잘린의 발끝을 살그머니 간지럽히고 사라졌다. 맑고 투명한 물속에는 갖가지 색으로 빛나는 돌멩이들이 오종종하게 모여서 시선을 잡아당겼다.

로잘린은 허리를 숙이고 돌멩이를 구경하다가 예쁜 돌멩이 하나를 집어 들었다. 물속에서 부드럽게 들리던 돌이 물 밖으로 나오자 제법 무거워, 팔에 힘이 들어갔다. **물 안에 있을 때는 부력 때문에 돌멩이가 가벼웠지만 물 밖으로 꺼내자 부력이 사라지고 중력만 작용했기 때문**이다. 예상보다 무거웠기에 로잘린은 돌멩이를 다시 물속에 내려놓았다. 잠시 돌멩이의 아름다움을 구경하던 로잘린은 작은 배들을 정박해 놓은 나루터로 걸어갔다.

나루터는 마치 작은 수영장이 여러 개 있는 듯했다. 땅을 직사각형으로 파서 단단한 구조물을 만든 뒤 호수와 접한 면에는 여닫을 수 있는 수문을 달아놓았다. 때마침 배 한 척이 나루터로 다가왔다. 수문이 열린 사각형 정박지로 배가 들어오자 수문이 닫혔다. 사각형 정박지 안에는 여전히 물이 담겨 있었다. 배에서 내린 사람이 수문 옆에 달린 스위치를 누르자 모터가 작동하며 정박지 안에 갇혀 있던 물이 빠져나갔다. 물이 줄어들자 배가 점점 가라앉더니 정박지 바닥에 닿았다.

그 옆에서는 정반대 상황이 벌어졌다. 물이 빠진 정박지에 배가 세워져 있었는데 한 사람이 나타나 스위치를 눌렀다. 그러자 이번에는 물이 서서히 정박지 안으로 들어왔다. 물이 조금 들어왔을 때는 바닥에서 꿈쩍도 않던 배는 물이 늘어나자 점점 위로 뜨더니 수면 위로 완전히 떠올랐다. 물이 없을 때는 중력 때문에 바닥에 닿아 있던 배가 물이 가득 차자 부력을 받아 수면으로 떠오른 것이다.

**부력은 물체를 둘러싼 기체나 액체가 물체를 중력과 반대 방향으로 밀어**

**내는 힘**이다. 중력이 위에서 아래로 작용한다면 **부력은 아래에서 위로 작용**한다. **중력과 부력은 서로 반대 방향**이다. 물놀이 튜브, 배와 잠수함, 헬륨 풍선, 열기구 등이 모두 부력의 힘으로 중력을 이겨낸다. 부력이란 참 오묘한 힘이다. 돌멩이는 가라앉는데 돌멩이보다 몇십 배나 무거운 저 거대한 배를 떠오르게 하니 말이다.

배가 뜨자 수문이 열렸고 배는 호수를 향해 부드럽게 나아갔다. 햇살과 물살을 가르며 배가 나가는 모습은 평화와 고요함을 동시에 떠올리게 했다. 로잘린은 그 배를 물끄러미 보다가 4호실 단원들을 찾기 위해 나루터 주변을 돌아다녔다.

로잘린이 만나야 할 단원들은 '에오스', '락테아', '가네샤', '아기라'다. 그런데 아무리 찾아다녀도 그들의 모습은 호숫가 어디에도 보이지 않았다. 로잘린이 다시 나루터로 돌아왔을 때, 섬 쪽에서 호수의 평화와 고요함을 깨뜨리는 소음이 크게 울렸다. 아무래도 그들은 섬에 있는 모양이었다. 로잘린은 정박해 둔 배 한 척에 올라탔다. 물의 부력으로 배를 띄우고, 수문을 열어 호수로 배를 몰아 미끄러지듯이 섬을 향해 나아갔다.

예상대로 그들은 섬에 있었다. 네 명이 물가에 옹기종기 모여 있는 모습이 멀리 보였다. 로잘린은 배에 장착된 망원경으로 그들을 살폈다. 망원경 너머로 보이는 넷은 투명한 수저 주위에 모여서 용수철저울로 무게를 측정하고 있었다. 일단 물체 하나를 고른 뒤에 용수철저울에 매달아 수저 밖에서 무게를 측정(A)했다. 그다음엔 같은 물체를 수면에 반쯤 잠

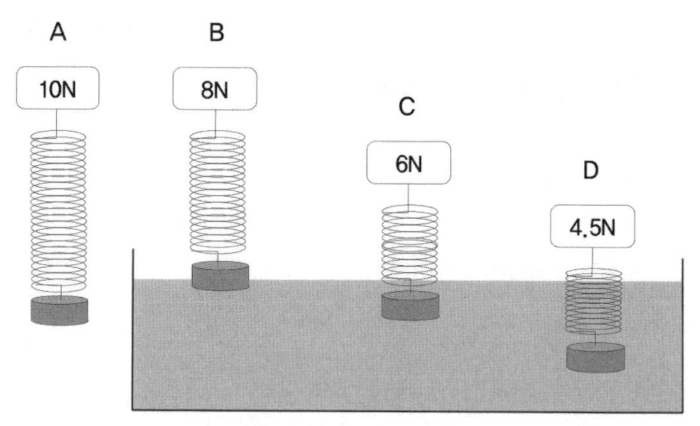


**부력은 물체를 물속에 넣었을 때 물체가 줄어든 무게와 같다.**

기게 하고서 무게를 측정(B)하고, 이어서 물체를 완전히 물에 넣고 측정(C)한 다음, 마지막으로 수저 깊숙이 물체를 넣고 측정(D)했다. 그렇게 물체를 물속에 넣어보면서 부력을 측정하는 것이었다.

이는 수천 년 전에 아르키메데스란 과학자가 밝혀낸 원리다.[8] 목욕을 하다가 고민하던 문제의 해결책을 알아내고 신이 나서 '유레카'를 외치며 알몸으로 뛰어다녔다던 바로 그 사람이다.

아르키메데스의 원리에 따라 B의 부력은 A에서 측정한 물체의 무게

8 **아르키메데스의 부력 원리**
**유체(기체와 액체)에서 물체가 받는 부력은 물체가 유체에 잠긴 부피에 해당하는 유체의 무게와 같다.** 예를 들어 물에 어떤 물체를 넣었다고 해보자. 그러면 물이 차지하고 있던 부피만큼 물체가 차지하게 되고, 물은 그만큼 위로 올라가게 된다. 부력의 크기란 그 물이 위로 올라간 양의 무게와 똑같다는 것이 아르키메데스의 부력 원리다. 부력은 파스칼의 원리(Pascal's principle. 유체압력 전달 원리), 위치에너지 등으로 그 작용방식을 더 자세히 설명할 수 있다.

10N에서, B에서 측정한 무게 8N을 뺀 값인 2N이다. C의 부력은 10N에서 C에서 측정한 무게 6N을 뺀 값인 4N이고, D의 부력은 10N에서 D에서 측정한 무게 4.5N을 뺀 값인 5.5N이다.[9]

| | 중력 | 측정값 | 부력 |
|---|---|---|---|
| A (물에 안 잠김) | 10 N | 10 N | 0 N |
| B (물에 반 잠김) | 10 N | 8 N | 2 N |
| C (물에 다 잠김) | 10 N | 6 N | 4 N |
| D (아주 깊이 잠김) | 10 N | 4.5 N | 5.5 N |

측정한 값을 비교해 보면 **물에 잠긴 물체의 부피가 클수록 부력이 더 크다**는 것을 알 수 있다. 즉 물속에 완전히 잠긴 물체(C)에 작용하는 부력은 반쯤 잠긴 물체((B)에 작용하는 부력보다 더 크다. 예를 들어 화물을 실은 배에 작용하는 부력이 화물을 싣지 않은 배에 작용하는 부력보다 더 큰데, 이는 화물을 실었을 경우 물에 잠긴 배의 부피가 늘어서 부력도 그만큼 커진 것이다. 주먹만 한 돌멩이는 물에 가라앉지만 수천 톤이나 되는 쇠로 만든 배가 물에 뜨는 것은 다 이러한 부력의 원리 때문이다. 물에 얕게 잠긴 물체(C)보다 물에 깊이 잠긴 물체(D)의 부력이 더 큰 것처럼, **물체의 부력은 물에 깊이 잠기면 잠길수록 더 커진다.**

네 명 다 스쿠버다이빙 장비를 갖춘 것으로 보아 그들은 스쿠버다이빙을 할 때 물속에서 부력을 조절할 물건을 고르는 작업을 진행하는 것

9 물체가 물에서 받는 부력의 크기(N) = 물 밖에서 잰 무게(N) - 물속에서 잰 무게(N)

같았다. 준비를 다 마쳤는지, 그들은 곧 일제히 호수로 뛰어들었다. 로잘린은 망원경에서 눈을 떼고 배를 몰아 섬으로 다가갔다.

섬 해안선으로 100m쯤 접근했을 때 갑자기 배가 흔들렸다. 물속에서 스쿠버다이빙을 하던 그들이 배를 잡고 흔들었기 때문이다. 로잘린은 깜짝 놀라며 그만하라고 소리를 질렀다. 그럼에도 그들은 아랑곳하지 않고 계속 배를 흔들어댔다. 화가 난 로잘린이 배 안에 있는 물건으로 그들의 손을 후려치려고 하자 그제야 손을 놓고 다시 물속으로 들어갔다. 그런데 뒤이어 갑자기 배에 물이 차올랐다. 그들이 물속에서 배에 구멍을 내버렸기 때문이다. 배는 이내 침몰했고 로잘린은 물에 빠졌지만 당황하지 않고 빠르게 수영하며 섬으로 다가갔다.

우리는 제2지구에서 살아가는 데 필요한 능력을 메타버스에서 꾸준히 배웠고, 수영도 그중 하나였다. 진짜 물에는 한 번도 들어간 적 없지만 수영 기술은 이미 완벽하게 터득하고 있었다.

그런데 수영을 하던 로잘린이 갑자기 손을 휘저으며 물속으로 빨려들어 갔다. 그들이 로잘린의 다리에 무거운 추를 묶어버렸기 때문이다. 처음에는 추가 당기는 힘을 이겨내고 간신히 떠 있던 로잘린은 두 번째 추가 매달리면서 더는 그 무게를 이겨내지 못하고 가라앉았다. 호수 바닥으로 떨어지며 고통스러워하는 로잘린이 입 모양으로 에이다를 계속 불렀고, 곧이어 화면이 꺼졌다.

**아이작** 뭐 저런 새끼들이 다 있어?

나는 정말 화가 났다. 저건 장난이 아니라 공격이다. 아무리 메타버스 안이라지만 저런 식으로 사람을 공격하면 안 된다. 우리는 제2지구에서 함께 살아가야 할 동료다. 동료를 저렇게 대하는 놈들이 나중에 어떤 짓을 벌일지 뻔하다.

**아이작** 에이다, 4호실로 가야겠어. 당장!

오로라와 미다스도 같이 나를 따라나섰다.

**에이다** 화가 난 건 이해합니다. 그렇지만 지금 그보다 더 중요한 문제가 생겼습니다.

**아이작** 로잘린에게 못된 짓을 한 놈들을 그냥 두란 말이야?

**에이다** 그건 제가 조치하겠습니다. 그리고 황급하게 처리해야 할 문제가 에덴 13기지에서 발생했습니다.

**아이작** 13기지에서 무슨 문제가 생겼다는 거야?

**에이다** 여러분은 지금 당장 에덴 13기지로 내려가야 합니다. 이유는 내려가면서 설명하겠습니다.

무슨 문제인지 모르지만 왜 하필 우리가 내려가야 하냐고 물어보려다 그만두었다. 지금 올림포스에서 에이다가 믿고 임무를 맡길 사람은 우리밖에 없다는 걸 바로 깨달았기 때문이다. 도대체 에덴 13기지에 무슨 급박한 문제가 생긴 걸까? 제2지구엔 한 번도 내려가 본 적이 없는 우리에게 임무를 맡길 만큼 긴박한 상황이란 무엇일까?

웬만큼 위급한 상황이 아니면 에이다가 우리에게 이런 임무를 맡길 리 없으니 무척 긴장도 되었지만, 그에 못지않게 설렜다. 드디어 처음으로 지상으로 내려가기 때문이다. 소행성대에서 잠깐 땅을 밟기는 했지만 거기는 지구와는 전혀 다른 환경이었다. 우주선에서 맨날 눈으로만 보고, 메타버스에서 감각으로만 체험하던 지구, 장차 우리가 정착해서 살아갈 제2지구에 드디어 발을 내딛는다.

Memo

# 3

# 생태계 탐구와 다윈의 거북이

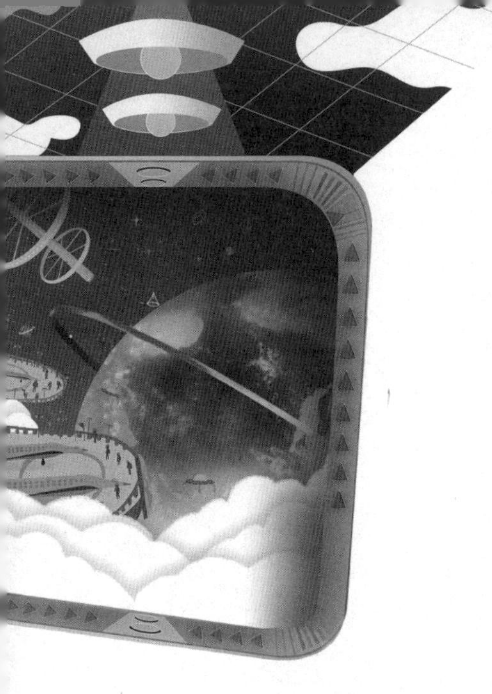

대기권으로 진입한 비행선의 속도가 느려지며 구름 아래로 제2지구의 거대한 초원과 드넓은 호수, 울창한 숲과 바다가 시야에 들어왔다. 끝도 없이 펼쳐진 초원에서 온갖 생명들이 한가하게 풀을 뜯고, 넓은 호수 위로 하얀 새들이 모래 폭풍처럼 무리를 지어 날아다녔다. 치솟고 뻗어나가고 깎아지른 산들이 무리를 지어 요동치고, 초록의 생명을 자랑하는 숲의 빛깔은 하늘마저 초록으로 물들였다. 사람 키만 한 나무부터 거의 100m에 달하는 나무까지 다양한 종류의 나무들이 숲을 이루며 온갖 동물들의 터전이 되었고, 푸르른 바다에도 생명의 기운이 넘실거렸다.

일정한 고도를 유지하던 비행선은 점점 고도를 낮추더니 바닷속이 보일 만큼 낮게 날았다. 한 점의 오염물질도 없는 바다는 속이 훤히 비칠 만큼 투명했다. 지구에서 이미 멸종해 버린 산호초가 다양한 빛깔과 형태를 자랑스럽게 뽐내고, 그 위에서 다양한 물고기들이 활기차게 헤엄쳤다. 메타버스에서도 본 장면이지만 실제 자연의 웅장함과 신비로움은 메타버스에서 경험했을 때와는 비교조차 되지 않았다.

에덴 13기지는 바다에서 얼마 떨어지지 않은 곳에 있다. 비행선은 혹시라도 기지에 남은 사람이 알아채지 못하도록 저공비행을 하며 육지로 접근했다. 산등성이를 따라서 낮게 타고 오르던 비행선은 곧 평평한 암벽지대에 착륙했다.

안전벨트를 풀고 몸을 일으키려는데 근육이 바르르 떨렸다. 처음에는 몸에 이상이라도 온 줄 알았지만 이내 그것이 중력 때문임을 알아차렸다. 우주에서 생활하며 인공중력으로 몸을 단련하긴 했지만 실제 지구 표면에서 경험하는 중력과는 확실히 차이가 있었다. 심호흡을 하고 몸에 힘을 주었다. 전신의 근육이 팽팽해지며 뇌의 신호에 따라 발을 이동시켰다. 첫발을 떼자 이내 모든 근육이 협업하여 몸통과 팔도 움직일 수 있었다. 자리에서 벗어난 나는 곧바로 비행선 밖으로 나갔다.

암석지대는 마치 사람이 작업을 해놓은 듯이 평평했고 산 아래 방향은 숲이 울창해서 우주선을 은폐하기 좋았다. 산 정상은 꽤 높았는데 하얀 눈이 쌓여 있었다. 초록과 흰색이 묘하게 어울렸다.

우리는 계단을 타고 느리게 아래로 내려갔다. 한 걸음 한 걸음을 조심스럽게 내디뎠고, 마침내 발이 땅에 닿았다. 단단한 바위의 촉감이 신경을 타고 대뇌로 전달되었다. 나는 몸을 굽혀 손으로 바위를 만졌다. 손끝

이 파르르 떨렸다.

**로잘린** 정말, 놀라워. 기적 같아.

로잘린의 두 눈이 촉촉하게 젖더니 물방울이 제2지구의 대지로 떨어졌다. 나는 깊이 공기를 들이마셨다. 우주에서 마시던 공기와는 결이 다른 공기가 폐 속으로 깊이 들어왔다. 호흡을 할 때마다 상쾌한 기운이 전신으로 퍼졌다. 우주에 있을 때 내 소원은 땅을 밟아보는 것이었다. 소행성대를 지나다가 무모하게 소행성에 착륙했던 까닭도 땅을 직접 밟아보고 싶었기 때문이다. 제1지구에 사는 사람들은 이 감동을 모른다. 땅을 밟고 산다는 게 얼마나 기적 같은 일인지 조금도 이해하지 못한 채 엉뚱한 탐욕을 부린다.

**오로라** 감격은 적당히 해. 저기 여우처럼 생긴 맹수가 여길 노려보잖아.

오로라가 장비를 잔뜩 든 채 계단을 내려왔다. 오로라의 시선을 따라가 보니 눈처럼 하얀 동물이 바위 중턱에 서서 우리를 경계하고 있었다. 귀가 쫑긋하고 눈매가 날카롭고 입과 코가 삐죽 튀어나왔으며 몸 전체가 하얀 털로 뒤덮여 있고, 복슬복슬한 꼬리는 바람처럼 살랑살랑 흔들렸

다. 생김새와 크기가 제1지구의 여우와 엇비슷했다.

**아이작** 하얀 여우네.

**오로라** 여우랑 닮았다고 여우는 아니야. 여긴 제1지구가 아니라 제2지구라고.

**아이작** 하여튼 넌 감성이 메말랐어.

오로라는 비행선 주변에 보호장비를 둥글게 놓고 전원을 켰다. 그 장비에서는 동물들이 싫어하는 파장이 흘러나온다. 사람에게는 전혀 영향을 끼치지 않지만 다른 동물들의 감각기관을 예민하게 자극해서 접근하지 못하게 막는 장치다. 동물들이 비행선에 해를 끼치는 것을 막으려는 조치다. 휴대용 장비도 있는데, 제2지구에서는 기지 밖으로 나갈 때마다 늘 착용해야 한다고 교육받았다. 이곳은 제2지구이고, 제1지구와 달리 온갖 맹수들이 자연에서 아직 활동하기 때문이다. 내가 하얀 여우라고 부르는 저 동물도 사나운 맹수일지 모른다.

보호장비를 다 설치한 뒤에 다시 비행선에 올라가 필요한 짐을 챙기는데, 에이다가 마지막으로 부탁했다.

**에이다** 문제가 무엇인지 파악하기만 하면 됩니다. 위험을 무릅쓰고 해결하려 들지 마세요.

**오로라** 누구만 아니면 그런 일은 없을 거야.

오로라가 흘깃 나를 봤다. 나는 모른 척하며 짐을 꾸렸다.

에덴 13기지에는 30명이 머물고 있는데 갑자기 모두 사라져 버렸다. 전자장비와 로봇들도 모조리 먹통이 된 탓에 기지에서 어떤 사건이 벌어졌는지 확인이 되지 않았다. 어쩌면 이번에도 고양이발톱이 사용되었을지도 모른다. 기지는 철저하게 방어막을 갖추고 있기에 제2지구의 이름 모를 동물들에게 공격당했을 가능성은 극히 낮다. 또 만약 동물이 공격했다면 전자장비가 일제히 멈췄을 리 없다. 이번에도 사람이 저지른 짓이 분명하다. 그렇다면 누가 그랬을까? 30명 안에 범인이 있을까? 아니면 다른 기지에 속한 사람이 와서 이런 짓을 벌인 걸까? 나는 내 손으로 사건의 뒷면에 감춰진 비밀을 밝혀내겠다고 결심했다. 그렇지만 겉으로는 아닌 척하며 에이다를 안심시켰다.

**아이작** 걱정 마. 나도 무모한 짓은 안 해.

나는 배낭을 둘러메고 허리의 보호장치를 확인한 뒤에 밖으로 나갔다. 하얀 여우는 어느새 사라지고 없었다. 뒤이어 오로라와 미다스가 배낭을 메고 나왔고, 마지막으로 나오는 로잘린의 손에는 작은 화분이 들려 있었다. 로잘린이 우주에서 계속 돌보던 화분이었다.

**오로라** 아끼는 건데 옮겨 심을 거야?

**로잘린** 우주선에선 건강하게 오래 살기 힘들어.

**오로라** 환경이 달라서 이곳에서 적응하기 만만치 않을 텐데. 자기와 똑같은 종(種)도 없고.

**로잘린** 튼튼한 아이니까 이곳에서 잘 적응해 나갈 거야. 어쩌면 '변이'가 생겨서 새로운 종으로 바뀌면서 잘 번식할지도 모르고.

내가 앞장서고 로잘린과 미다스가 내 뒤를 따르고, 오로라는 휴대용 활을 들고 맨 뒤에 섰다.

오로라는 활쏘기를 좋아한다. 실력도 뛰어나다. 화약 무기가 없는 제2지구에서 꼭 필요한 무기는 활이라면서 메타버스에서 끊임없이 연습했다. 현실과 메타버스의 활쏘기가 얼마나 같을지는 모르지만 아마 오로라는 현실에서도 활을 잘 쏠 것이다.

나는 능선을 따라 아래로 내려갔다. 능선은 동물들이 자주 다녔는지 잘 다져진 길이 있었다. 동물들이 많이 보이긴 했지만 우리가 장착한 보호장비 때문에 가까이 접근하지 못했다. 산 아래로 내려올수록 기압이 점점 높아질 뿐 아니라 기온도 높아지는 게 느껴졌다. 하나의 산인데 워낙 높다 보니 계절이 하나가 아니었다. 그렇다 보니 산 위쪽에 자라는 나무와 아래쪽에 자라는 나무의 종류와 크기가 상당히 달랐다.

우리는 경사가 완만해지는 지점에서 물소리를 따라 방향을 틀었다.

계곡 쪽으로 접근하는데, 물을 마시는 동물이 보였다. 귀가 쫑긋하고 눈매가 날카롭고 입과 코가 삐죽 튀어나온 생김새는 하얀 여우와 똑같았다. 털이 별로 없고 몸이 잿빛인 점만 달랐다. 하얀 여우처럼 하늘로 바짝 세운 꼬리가 살랑살랑 흔들렸다.

**아이작** 하얀 여우랑 생김새가 똑같은데 빛깔과 털 길이가 달라.

**오로라** 재는 잿빛 여우라고 부를 거야?

**로잘린** 잿빛 여우 중에서 우연한 돌연변이에 의해 털이 희고 긴 개체가 생겼고, 그 개체들이 눈과 추위에 잘 적응하여 개체수가 늘어났을 거야.

**오로라** 처음엔 흰색 여우였다가 돌연변이로 잿빛 여우가 생겼을 수도 있어.

우리는 잿빛 여우가 물을 다 마실 때까지 가만히 기다렸다. 물을 충분히 마신 잿빛 여우는 몸을 파르르 떨더니 우리를 힐끗 쳐다보고는 숲속으로 사라졌다.

**미다스** 목마른데, 저 물을 우리가 마셔도 괜찮을까?

**오로라** 그러지 않는 게 좋을걸. 제1지구와 같은 물이긴 하지만 물 안에 어떤 미생물이 있을지 모르는 상태에서 함부로 먹었다

가는 탈이 날지도 몰라.

우리는 냇물을 따라서 밑으로 내려갔다. 냇물이 점점 넓어지더니 어느 순간 숲이 사라지고 곧바로 넓은 바다가 나타났다. 비행선을 타고 오면서 봤던 바로 그 바다였다. 하늘에서 봤을 때와는 느낌이 달랐다. 햇살에 부서지는 파도와 하늘과 이어진 수평선에서 눈을 뗄 수 없었다.

우리는 천천히 바다를 향해 걸어갔다. 땅도 처음이지만 바다도 처음이라 꼭 손으로 만져보고 싶었다. 바닷물에 손을 담그자 잔잔한 파도가 팔목을 쓰다듬었다. 바로 옆에서 로잘린도 나처럼 물에 손을 담갔다.

**오로라** 둘 다 그만하지.

**미다스** 그래, 우리 임무를 잊지 마.

나는 물을 가볍게 손가락으로 튕기고는 몸을 일으켰다. 에이다가 알려준 바에 따르면 이 근처에 소금을 채취하는 염전이 있고, 그 옆으로 에덴 13기지까지 가는 길이 있다고 했다. 기지로 가려면 염전을 먼저 찾아야 했다. 가방에서 태블릿을 꺼내 지도를 확인했다. 해안선을 따라 1㎞쯤 가면 염전이었다. 나는 산을 내려올 때처럼 앞장섰다. 모래밭으로 걸어가는데 꾸물거리며 걸어가는 동물 몇 마리가 보였다. 목이 길고 등딱지를 이고 있으며 네 다리로 바닥을 짚으며 걷는 모습이 영락없는 거북이였다.

거북이는 조금씩 늘어나더니 순식간에 수백 마리로 불어났다. 그런데 거북이들도 **변이**를 겪었는지 한 종류가 아니었다. 등딱지의 모양과 목과 다리의 길이가 다른 거북이들이 세 종류나 되었다. 아마 거북이도 산에 사는 여우처럼 **환경에 적응하느라 생김새가 달라졌을 것**이다.

1835년에 비글호를 타고 여행하던 **찰스 다윈**은 갈라파고스 군도에서 생김새가 다른 거북이들을 발견했다. 어떤 섬에 사는 거북이는 등딱지가 말안장처럼 위로 올라간 형태였는데, 다른 섬에 사는 거북이는 불룩 솟은 형태였다. 등딱지가 말안장처럼 생긴 거북이는 먹을거리가 높은 곳에 있는 섬에 살았다. 음식을 먹으려면 목을 길게 늘여야 하는데, 그러려면 등딱지가 말안장처럼 말려 올라가야만 했다. **다윈은 그 거북이들을 보면서 진화론을 정립**했다. 그때 다윈은 거북이 세 마리를 영국으로 데려왔는데, 그중 한 마리의 이름이 **'해리엇'**이었다. 해리엇은 다윈의 친구에게 넘겨져 호주로 이주했고, 그곳에서 176세가 될 때까지 살았다. 2006년 해리엇이 심장마비로 사망하자 많은 이들이 다윈의 진화론에 큰 기여를 한 해리엇을 기리며 슬퍼했다.

거북이도, 여우도 다 변이 때문에 그 생김새가 달라졌다. **변이는 같은 종류의 생물 사이에서 나타나는 생김새나 특성의 차이**다. **생명은 환경에 적응하는 과정에서 우연히 변이가 발생하고, 변이로 인해 '생물다양성'이 높아졌다.** 즉 **변이를 통해 진화가 일어났다.** 이것이 다윈이 발견한 진화론이다.

그런데 내 생각에 '진화'란 말은 틀렸다. 진화가 아니라 변화이기 때문이다. 생물은 계속 변한다. 변하지 않는 생명은 없다. 에이다는 생명에는 우열이 없다고 우리에게 강조했다. 단지 살아남기 위해서 적응하고 변화하며, 생존하는 데 성공한 무수한 다양성만 존재할 뿐이라고 했다. 그러니 진화론은 '변화론'이라고 명칭을 바꿔야 한다. 진화란 단어는 마치 살아남은 생명이 강자이고, 더 발전한 생명체인 것처럼 오해하게 한다.

자연에서는 꼭 강자만 살아남는 게 아니다. 생명계에는 무수히 다양한 종이 산다. 무수히 다양한 종이 없다면 강자도 생존할 수 없다. 약자가 사라지면 강자도 죽는다. 겉으로 보기에는 강자와 약자가 있을지 모르지만 모든 생명은 그저 각자 환경에 적응하며 사라지지 않기 위해 애쓰면서 살아갈 뿐이다.

에이다는 인간이 제2지구에서 정착할 때는 뭇 생명과 어떻게 하면 공존할지 고민해야 한다고 했다. 함부로 파괴하고, 인간이 잘났다고 하면 안 된다고 했다. 아마 쉽지 않은 과제일 것이다. 제1지구에서 범했던 실수를 다시 저지르지 않을 수 있을까? 그건 아직도 확신하지 못하겠다. 우리는 워낙 교육을 철저히 받아서 미련한 실수를 범하지 않겠지만, 우리 후손들이 어떨지는 알 수 없다.

**미다스** 저기가 염전이야. 그 옆에 길도 있어.

바닷물에는 소금이 포함되어 있다. 염전은 바닷물을 가두어 물이 증발하게 해서 소금을 얻는 곳이다. 뜨거운 햇살 아래 제법 많은 소금이 하얗게 빛나고 있었다.

소금을 저장하는 창고 옆으로 네 명이 나란히 걸어도 괜찮을 만한 길이 뚫려 있었다. 우리는 길을 따라서 걸었다. 반듯하게 이어지던 길은 습지를 피해서 산 밑으로 휘어졌다. 우리가 걷는 길에서는 **습지**가 훤히 내려다보였다.

**로잘린** 세상에…! 저 생명이 넘치는 늪 좀 봐.

올록볼록 솟은 얕은 땅은 키 작은 나무들이 옹기종기 모여 있고, 수면의 반을 덮은 좁고 넓은 잎들 위로는 몸집이 작은 생명들이 뛰놀고, 다리가 긴 새들이 느리게 걸으며 물속의 먹이를 쪼아 먹고, 풀숲에 몸을 숨긴 사냥꾼들이 조심스럽게 먹이를 향해 나아가고, 질척한 진흙은 꿈틀거리는 생명들로 가득했다. 모양과 크기가 다른 수많은 꽃이 무지개보다 화려하게 습지 둘레를 장식했다. 셀 수도 없이 다른 생명이 넘치는 습지는 생명이 얼마나 아름다운지 보여주는 전시장이었다. 다양함이 빚어낸 생동감은 우주가 빚어낸 최고의 작품이었다.

습지를 지나자 농사를 짓기 위해 정비한 개척지가 나왔다. 에덴 13기지는 개척지를 지나고 강을 건너면 나온다. 개척지는 아직 완벽하게 정비

가 된 상태가 아니라서 이곳저곳이 파헤쳐져 있었다. 잘린 나무가 차곡차곡 쌓인 채 말라갔고, 풀들은 수북하게 쌓인 채 썩어갔으며, 맨땅이 드러난 흙에서는 바람이 불 때마다 흙먼지가 일었다.

이미 개척이 끝난 땅에서는 똑같은 모습을 한 작물이 넓은 대지를 차지한 채 자라고 있었다. 재배하는 작물은 이곳에서 자라는 토종 식물이 아니라 제1지구에서 가져온 식물로, 식량 생산에 최적화된 작물이었다. **하나의 작물이 넓게 대지를 차지한 농경지**를 보니 **수없이 다양한 생명이 자라던 습지**와 비교되면서 기묘한 씁쓸함이 일었다. 인간이 살기 위해서는 식량을 재배해야 하므로 자연을 일부 파괴할 수밖에 없다. 인간이 개척한 땅에 살던 식물은 모두 죽었고, 동물들도 꽤나 많이 죽었을 것이다.

제2지구의 생명들은 **생물의 종류와 수가 크게 변하지 않고 균형을 이루는 생태계 평형**을 이루며 살아가고 있었다. 생명들이 서로 먹고 먹히는 먹이사슬도 흔들리지 않고 안정된 상태였다. 인간이 제2지구에 도착하면서 **생태계 평형**이 깨지기 시작한 건 아닐까?

인간은 살아가기 위해 거주지를 만들고, 자원을 사용하며, 농경지를 개발하고, 이동을 위해 도로를 만든다. 경작에 적합한 식물을 들여오고, 육식을 위해 동물을 잡아먹는다. 나무를 베어 자원으로 활용하고 광물을 채취하기 위해 땅을 파헤친다.[10]

모두 인간의 생존을 위해 할 수밖에 없는 일들이다. 그리고 그 일들은 생태계에 위협이 된다. 어쩌면 우린 돌이킬 수 없는 잘못을 범하고 있는

지도 모른다.

**로잘린** 우리가 이곳에 정착하는 게 과연 옳을까?

로잘린의 목소리가 몹시 울적했다. 반듯하게 정비된 농경지를 바라보는 눈빛에서 안타까움이 묻어났다.

**오로라** 그렇다고 다른 생명들을 위한다면서 인간이 죽을 순 없잖아.

**로잘린** 제1지구를 망쳤잖아. 이곳도 또 제1지구처럼 망치면….

**미다스** 그런 쓸데없는 걱정은 왜 해?

**로잘린** 쓸데없는 걱정이 아니야. 마구잡이로 자연을 파괴하면 인간도 생존할 수 없어.

지구의 생물다양성은 파괴되었다. 어마어마하게 많은 생명이 멸종하는 **6차 대멸종**[11]이 벌어졌고, 제1지구의 생태계는 인간이 간신히 버틸 만한 환경만 아슬아슬하게 유지되고 있다. **생물다양성은 여러 생태계에서**

---

**10 인간의 활동에 따른 생물다양성 위협 요인**

- 각종 개발로 생명의 서식지 파괴.
- 채집과 사냥으로 동식물 개체 수 급감.
- 외래생물 유입으로 고유종의 생존 위협.
- 환경오염과 기후변화에 따른 환경 악화.

**생명이 얼마나 다양하게 존재하는지를 나타내는 것**이다. 생물다양성에는 생태계의 다양한 정도를 나타내는 **생태계 다양성**, 일정한 지역에 사는 생물 종이 얼마나 다양한지를 나타내는 **종 다양성**, 같은 종류의 생물이 유전적으로 얼마나 다른지를 나타내는 **유전적 다양성**이 포함된다. 제1지구는 생태계의 다양성도, 종 다양성도, 유전적 다양성도 크게 훼손되었다.

멍청한 인간은 자신의 힘을 과시하며 저항하지 못하는 생명들을 모조리 파괴하고 죽였다. 그로 인한 결과가 얼마나 무서운지 뒤늦게 깨달았지만 이미 그때는 되돌리기엔 늦어버렸다. 아무리 과학기술이 발전해도 무너진 생물다양성을 되돌릴 수는 없었고, 그러자 인간의 생존도 위협받게 되었다.

왜 제1지구인들은 제2지구를 개척하는데 엄청난 자원을 투자할까? 그것은 제1지구가 더는 지속 가능한 삶을 살 수 있는 곳이 아니기 때문이다. 인간은 생명계에서 가장 강하지만, 홀로 살지 못한다. 마구잡이로 자기 욕심을 채우고 파괴하다가 생태계 고리가 이곳저곳에서 끊어졌

---

**11 6차 대멸종**

지구 역사에서는 단기간에 대규모로 생명이 멸종하는 대멸종이 다섯 번 벌어졌다. 1차 대멸종은 약 4억 4천만 년 전, 2차 대멸종은 3억 7천만 년 전에 발생했다. 2억 4500만 년 전에 발생한 3차 대멸종은 생명체의 95%가 사라질 만큼 심각했다. 2억 년 전의 4차 대멸종에서는 전성기를 누리던 파충류가 대규모로 사라졌고, 그 후에 공룡이 번성했다. 6500만 년 전에는 멕시코의 유카탄반도에 거대한 운석이 떨어졌고 이로 인해 공룡이 멸종하는 5차 대멸종이 발생했다. 공룡이 멸종하면서 포유류가 번식하였고, 인간의 문명이 지구를 지배하게 되었다. 현재 지구는 인간의 문명으로 인해 수많은 생명체가 멸종하는 '여섯 번째 대멸종'의 길에 들어섰다.

고, 인간은 위기를 맞았다. 수많은 생명이 멸종되었다. 제1지구는 더는 생물다양성이 유지되는 곳이 아니다. 많은 이들이 열심히 연구하고 노력하지만 이미 무너진 생물다양성은 회복이 불가능한 수준으로 망가졌다.

**오로라** 그 인간들은 황금 거위를 잡는 어리석은 짓을 벌였지만 우리는 황금 거위를 그대로 둔 채 황금알만 이용하면 돼.

**미다스** 황금 거위라니, 그게 무슨 말이야?

**오로라** 옛날에 어느 농부에게 신비한 거위가 있었는데, 그 거위는 황금알을 낳았어. 거위는 날마다 황금알을 하나씩 낳았고, 그 덕분에 농부는 빈둥거리며 놀아도 되었지. 그런데 하루에 알이 하나밖에 안 나오니 답답함을 느끼던 농부는 거위의 배 안에 황금이 가득 들어 있으니 그것을 한꺼번에 꺼내면 단번에 부자가 될 거라고 생각했어. 결국 거위 배를 갈랐지만, 뱃속에는 황금알이 하나도 없었어. 황금알을 낳던 거위는 죽었고 농부는 크게 후회했지. 자기 탐욕 때문에 황금알을 낳는 거위를 죽여버렸으니까.

**미다스** 그런 멍청한 농부가 있다니….

**로잘린** 인류 전체가 바로 그 멍청한 농부였어. 자연은 인간에게 황금알을 낳아주는 거위였고.

**미다스** 아, 이런…!

인간은 다른 생명이 있어서 산다. 자원, 식량, 옷, 목재, 의약품 등을 다른 생명에게서 얻는다. 인간은 그 소중한 생명들을 마구잡이로 파괴해 버렸다. 인간이 계속 생존하려면 다른 생명들이 살아가도록 배려하고 돌봐야 했는데, 탐욕을 채우려고 그들을 무너뜨려 버렸다. **인간이 무분별한 욕심으로 파괴한 생태계가 바로 생명의 황금 거위다.**

생태계가 파괴되면서 제1지구의 인간들은 깨끗한 공기도, 맑은 물도, 안정된 휴식처도 잃어버렸다. 이제야 제1지구인들은 안다. 그게 얼마나 소중한 자원이었는지, 아니, 자기 목숨의 원천이었는지….

**미다스** 그럼, 거위를 안 죽이면 되는 거 아니야?

**오로라** 내 말이 그 말이야. 생태계를 파괴하지 않을 정도로 적당히 개발하면 돼. 그럼 아무런 문제도 생기지 않아.

**로잘린** 그렇게 간단한 문제가 아니야. 생태계는 복잡한 먹이사슬로 이어져 있어. 인간이 채 파악하지 못한 복잡한 그물망으로 이어져 있다고. 인간은 아무 생각 없이 자원을 개발하고, 도시를 건설했는데 그로 인해 먹이사슬의 한 축이 깨지면서 생태계가 붕괴될 수도 있어.

**미다스** 그럼 인간은 그냥 죽으란 말이야?

**로잘린** 누가 죽으래?

참 이상한 일이다. 미다스와 로잘린은 우주에서 태어나 오랫동안 에이다에게 같은 교육을 받으며 자랐다. 그런데 저렇게 생각과 가치관이 다르다. 똑같은 환경에서도 저런 다양성이 탄생한다면 제2지구의 생태계도 그리 걱정하지 않아도 되지 않을까? 우리가 제1지구의 인간들처럼 멍청한 파괴행위만 벌이지 않는다면 그래도 제2지구는 생물다양성이 넘쳐나는 아름다운 행성으로 유지되지 않을까?

**오로라** 그만하자. 저기 기지가 보여. 지금은 우리에게 주어진 임무에 집중할 때야.

강폭은 30m 정도 되는데 돌로 만든 아치형 다리가 놓여 있었다. 다리를 건너면 오르막길이 이어지고 그 위의 넓은 구릉지에 에덴 13기지가 자리하고 있었다. 기지 둘레는 이중으로 방어막을 설치했는데, 바깥쪽은 보호장비가 장착된 철조망을 설치하여 동물이 접근하지 못하게 막았고, 안쪽은 2.5m 높이의 성벽을 쌓아서 기지를 보호하고 있었다. 성벽 위에도 철조망을 설치했는데 이 철조망에는 전기가 흘러, 동물들은 감히 접근할 수조차 없었다. 제2지구에 있는 어떤 동물도 이 방어막을 뚫고 들어가지 못하기에, 13기지에서 벌어진 사건은 동물이 저지른 것일 수 없다.

기지의 출입문은 단단히 닫혀 있었다. 에이다가 알려준 비밀코드를 누르자 문이 열렸다. 바깥쪽 문을 열고 들어가자 다시 성벽의 문이 나왔고

우리는 다시 비밀코드를 눌러 문을 열었다.

안으로 들어가자 조금 넓은 뜰이 나오고 곧바로 좌우로 넓게 뻗은 건물이 나타났다. 제2지구에는 아직 건축에 쓸 자원이 충분하지 않다. 그렇다 보니 모든 건물이 다 1층이었고, 건축자재도 특별한 경우를 제외하고는 거의 다 나무와 돌, 벽돌과 흙 등이었다. 나는 태블릿을 열어서 에이다가 준 기지의 구조를 다시 확인했다.

우리 앞을 가로막고 있는 건물은 생태연구실이었다. 생태연구실은 가마니에 흙을 넣어서 벽돌처럼 쌓아 올린 건물이었다. 가마니에 흙을 넣으면 쌓기도 좋고, 태풍이 불어도 끄떡없을 만큼 튼튼하다. 생태연구실 옆은 창고였고, 짓는 방법은 생태연구실과 동일했다. 생태연구실 앞으로 가면 좌우에 생활관과 활동관이 있는데 이 건물은 벽돌로 지었다. 활동관과 생태연구실 오른편으로는 높은 암석지대가 있는데, 여기서 채취한 돌

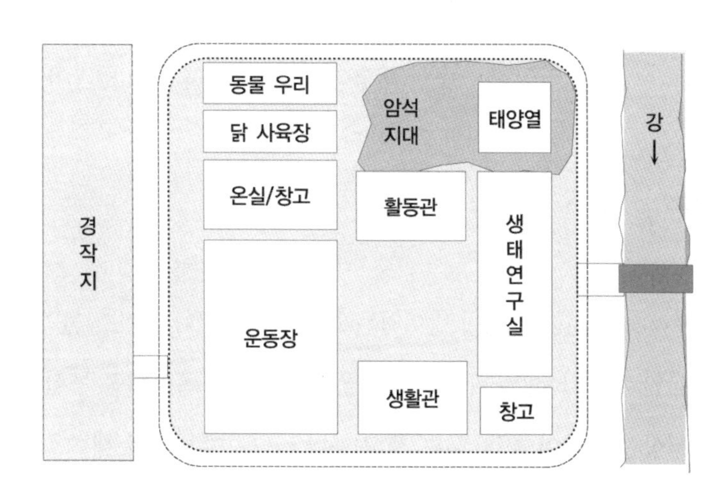

로 성벽을 쌓고 건물의 기초를 다졌다. 암석지대 위쪽에는 태양열로 에너지를 얻는 설비를 갖춰놓았다. 활동관과 생활관 사이는 넓은 생활공간이 있고, 그 앞으로는 신체를 단련하기 위한 운동장이 있다. 운동장 옆에는 온실과 창고, 닭 사육장과 동물 우리가 나란히 늘어서 있다.

**아이작** 일단 이 건물로 들어가자.

오로라는 활을 꺼내더니 화살을 메겼다. 마치 전투를 치르러 들어가는 군인 같았다.

**아이작** 굳이 꼭 그래야겠어?

**오로라** 안쪽이 무슨 상황인지 모르잖아.

**아이작** 공격을 받았으면 이미 흔적이 발견됐겠지.

**오로라** 아직 파악하지 못한 괴생명체가 침입했을 수도 있잖아.

**아이작** 차라리 외계인이 의심된다고 해라.

**오로라** 말 잘했네. 바로 그거야.

오로라를 놀리려고 꺼낸 말이었는데 뱉어놓고 보니 갑자기 불안해졌다. 그동안 혹시나 하는 마음으로 떠올렸던 의심이 폭풍처럼 몸집을 불렸다. 이상한 제약이 걸린 웜홀, 제1지구와 지나치게 비슷한 새로운 행성

을 보며 이게 다 거대한 외계문명이 계획한 것은 아닌지 의심했었다. 타당한 근거가 없어서 작은 의심에 머물 뿐이었지만 30명의 단원들이 일순간에 실종되는 황당한 사건을 겪고 보니 불쑥 의심의 크기가 커져버렸다. 어쩌면 오로라의 말처럼 우리가 아직 모르는 괴생명체 때문에 제2지구에 사고가 발생했을지도 모른다. 보호장비에서 나오는 전파가 차단하지 못하는 괴물이 기지를 습격했을 가능성도 있다.

단순한 사건 조사인 줄 알았다가 괴물과 외계인이 의심된다는 말이 나오자 다들 신경이 팽팽해졌다. 겁을 먹은 미다스가 가방에서 칼을 꺼냈다. 도대체 저 칼을 언제 챙겼을까? 그 꼼꼼함은 높이 살 만하지만, 요리에 쓰는 짧은 칼이라 괴물이나 외계인을 상대하기에는 별 소용이 없을 것 같았다. 얼떨결에 나도 주변을 둘러보며 혹시라도 무기가 될 만한 것이 있을지 찾다가 그만두었다. 30명을 순식간에 해친 괴물이라면 이 정도 무기는 무용지물일 테고, 만약 외계인이라면 더더욱 쓸모없는 무기일 테니까.

오로라는 화살을 겨눈 채 조심스럽게 생태연구실 문을 오른발로 밀었다. 문은 안으로 부드럽게 열렸다. 우리의 불안이 눈앞에 현실이 되어 나타나면 어떡할까 고민하며 조심스럽게 발을 내디뎠다. 오로라는 좌우로 화살을 겨누며 특공대처럼 몸을 움직였고, 미다스는 칼을 꼭 움켜쥔 채 언제든 찌를 태세를 갖추었다. 그러나 걱정과 달리 생태연구실 내부는 깨끗했다. 창문과 유리 천장으로 들어온 빛이 내부를 환히 밝힌 공간에 긴장할 만한 요소는 티끌만큼도 보이지 않았다.

**미다스** 뭐야? 멀쩡하잖아. 괜히 긴장했네.

**오로라** 하나만 보고 전체를 판단하면 안 돼.

그건 오로라 말이 맞다. 그래도 외부에서 처음으로 들어간 곳이 멀쩡하다는 사실은 우리의 불안을 조금은 덜어주었다.

**오로라** 혹시 모르니까 잘 살펴봐.

공간은 꽤 넓었지만 방 가운데에 넓은 탁자 하나와 평범한 의자 여섯 개가 놓인 것 빼고는 물건이나 집기가 하나도 없었다. 거의 텅 빈 공간과 달리 벽에는 온갖 그림과 글씨가 빼곡했다.

**로잘린** 저 벽에는 제1지구의 생물들을 분류해 놓은 자료밖에 없어.

**미다스** 여긴 제2지구인데 왜 제1지구의 생물들을 잔뜩 붙여놨지?

**로잘린** 제2지구의 생물도 분류해야 하니까.

**미다스** 생물을 분류해서 뭐 해? 인간에게 필요한 생물들 몇 가지만 알면 되지.

**로잘린** 인간도 생명계의 일부야. 그 생태계 속에서 살아가려면 어떤 생물들이 사는지 알아야 해.

**미다스** 내 말이 그 말이야. 인간에게 유익하거나 해로운 것만 구분하면 되지 뭐하러 힘들게 모든 생물을 다 연구하고 분류하냐고. 난 그런 게 참 쓸데없는 짓이라고 봐.

**로잘린** 언뜻 보면 그게 맞는 말 같아. 그렇지만 생태계를 이해하지 못했을 때 어떤 일이 벌어지는지 알면 그런 말 못 해. 예를 들어볼게. 1950년대 말 제1지구의 중국이란 나라의 지도자가 참새가 곡식을 먹는 걸 보고 해롭다면서 다 없애라고 했어.

**미다스** 잘했네. 애써 농사를 지었는데 참새가 쪼아 먹으면 손해잖아.

**로잘린** 맞아. 다들 처음엔 그렇게 생각했어. 그래서 엄청난 인원이 투입돼서 참새를 죽였고, 참새는 거의 사라졌어. 그런데 문제가 발생했어. 메뚜기 떼가 엄청나게 늘어서 곡창지대를 덮쳤거든. 그제야 사람들은 알았지. 참새가 곡식만 먹는 게 아니라 메뚜기를 비롯해 농사에 해로운 곤충도 잡아먹는다는 걸. 먹이사슬을 잘못 건드린 대가는 참혹했어. 곡창지대가 메뚜기 떼에 큰 피해를 입으면서 엄청난 기근이 닥쳤고, 수천만 명이 죽었어. 결국 다시 참새를 들여와서 풀어놓은 뒤에야 메뚜기 떼가 사라졌지.

**미다스** 그럼 참새만 안 잡으면 되네.

**로잘린** 그게 그렇게 단순하지 않아. 생태계는 복잡한 고리로 이어져서 어느 하나를 건드렸을 때 인간이 예상치 못하는 일이 벌어질 가능성이 높거든. 바로 그걸 막기 위해서 자연을 연구하는 거야. 그래서 생물학을 연구할 때는 **인간의 필요에 따른 쓰임새, 인간에게 유익한 정도 등을 기준으로 한 인위분류**가 아니라 **생물의 생김새, 세포의 특성, 신체 구조, 번식과 호흡방법과 같이 생물의 고유한 특성을 기준으로 자연분류**를 하는 거야.

**미다스** 그래봤자 결국 마지막에는 인간을 기준으로 판단할 수밖에 없어.

**로잘린** 그렇지 않다니까! 저기 봐. 저 사진.

로잘린이 가리킨 곳에는 고래와 상어 사진이 붙어 있었다.

**로잘린** 너는 고래가 상어와 더 가깝다고 생각해, 인간과 더 가깝다고 생각해?

**미다스** 그걸 질문이라고 해? 당연히 고래는 상어랑 더 가깝지. 지느러미도 있고, 바다에서 살잖아.

**로잘린** 언뜻 생각하면 그렇지. 그렇지만 생물의 가장 중요한 특성인 호흡과 번식을 비교해 보면 그렇지 않아. 고래는 폐로 호흡을 하고, 새끼를 낳고, 젖을 먹여서 아기를 길러. 인간과 같은

포유류야. 상어는 아가미호흡을 하고, 알을 낳고, 새끼를 직접 기르지 않아. 바다에서 산다는 것만 빼면 고래는 인간과 훨씬 더 가까워.

생태연구실에 제1지구의 생물을 분류해 놓은 방이 있다면, 제2지구에서 사는 다양한 동식물을 분류하는 공간이 따로 있어야만 했다. 건물을 통과해 밖으로 나가려다 오른쪽에 살짝 열린 문이 보여서 그쪽으로 갔다. 문 옆에는 제1지구의 생물분류체계를 그려놓은 표가 붙어 있었다. **생물분류체계인 계⊃문⊃강⊃목⊃과⊃속⊃종**[12]에 따라 수없이 많은 생물들의 목록이 나무가 가지를 뻗어나가듯 수백 가닥으로 뻗어나가고 있었다. 하나의 뿌리에서 수천, 수만 가닥의 줄기로 나뉘듯이 생명은 한 뿌리에서 나와 수백만, 수천만 종으로 갈라졌다.

녹는점, 어는점, 밀도 등은 물질의 고유한 특성을 보여준다. 형태가 다르더라도 이러한 특성이 같으면 그 물질은 같은 물질이다. 생명도 이와 다

---

12 **생물분류체계**
생물을 고유한 특성을 바탕으로 단계별로 분류하는 체계로 스웨덴의 식물학자인 린네가 제시한 7단계다. 현대 생물학에서는 계(Kingdom)의 상위 범주로 역(Domain)을 추가하여 분류하고 있다.
- 사자 : 동물계–척삭동물문–포유강–식육목–고양잇과–표범속–사자
- 고양이 : 동물계–척삭동물문–포유강–식육목–고양잇과–고양이속–고양이
- 사람 : 동물계–척삭동물문–포유강–영장목–사람과–사람속–호모사피엔스
- 독수리 : 동물계–척삭동물문–조류강–매목–수리과–독수리속–독수리
- 벚나무 : 식물계–피자식물문–목련강–장미목–장미과–벚나무속–벚나무

르지 않다. 상위 체계를 공유한다는 말은 같은 속성을 공유한다는 말과 같다. 그러니까 파리와 나는 전혀 다른 생명체 같지만 동물이라는 점에서는 동일하다. 고양이와 나는 더욱 가깝다. 신체 구조뿐 아니라 번식과 호흡 방법이 동일하다.

생물분류체계의 마지막은 종(種, Species)이다. **종은 생물 분류의 기본 단위로 자연 상태에서 번식 능력이 있는 자손을 낳은 수 있는 생물의 무리**다. 인간은 '동물계–척삭동물문–포유강–영장목–사람과–사람속'에 속한 **'호모사피엔스'**다. 인류는 단 하나의 종밖에 없다. 그래서 **'인종'이란 말은 틀렸다.** 겉모습이 조금 다르다고 해서 마치 다른 인종인 듯 구별하고, 피부색이 좀 다른 걸로 잘났다고 뽐내고, 다른 피부색을 차별한다. 오죽 자랑할 게 없으면 본인의 노력이라고는 1도 들어가지 않은 피부색으로 잘난 척을 할까?

인류 역사를 공부하며 인종을 분류하고, 차별한 인간들을 도저히 이해할 수가 없었다. 하나의 종인 인류를 피부색을 기준으로 구별하고, 그 구별을 차별의 근거로 삼았던 인간들은 자연도 함부로 파괴하고, 생명을 오직 자기 이익을 위해서만 대하면서 제1지구의 위기를 불러왔다. 그런 점에서 생물분류체계는 단순한 지식이 아니다. **생물분류체계는 인간이 어디에 뿌리를 두는지 가르치는 스승이며, 우리가 자연을 함부로 대하면 안 된다는 교훈이고, 무엇보다 인간을 차별하면 안 되는 강력한 근거**다.

문으로 들어서자 긴 복도가 나오고 다섯 개의 방이 있었으며 각 방에

는 명패가 걸려 있었다. 명패의 이름은 **원핵생물계, 원생생물계, 균계, 식물계, 동물계**[13]였다. 제2지구의 생물들을 계(Kingdom) 단위로 분류해 놓은 방이었다.

나는 가장 가까운 방인 동물계로 들어갔다. 방문을 열자마자 엉망진

---

13 **5계 생물 분류**

- 원핵생물(原核生物)계 : 원초적인 핵밖에 없는 생물이란 뜻으로 핵막이 없어서 핵이 뚜렷이 구분되지 않으며 대부분 단세포이고, 세포벽으로 세포 내부를 보호한다.
- 원생생물계 : 핵막으로 둘러싸인 뚜렷한 핵(진핵)이 있으며, 균계/식물계/동물계에 속하지 않은 다양한 생물들을 모아놓은 집합이다.
- 균계 : 핵막으로 둘러싸인 뚜렷한 핵이 있으며, 세포벽이 있고 광합성을 하지 못하며, 몸이 가는 실 모양의 구조인 균사로 이루어져 있고, 운동성이 없다.
- 식물계 : 핵막으로 둘러싸인 뚜렷한 핵이 있으며, 세포벽이 있고 다세포이며, 엽록체가 있어 광합성을 하고, 운동성이 없어서 씨앗이나 포자로 번식한다.
- 동물계 : 핵막으로 둘러싸인 뚜렷한 핵이 있으며, 세포벽이 없고 다세포이며, 광합성을 하지 못하며 먹이를 섭취하고, 몸 안에 소화/순환/신경/배설 등 다양한 신체기관이 있고, 대부분 운동기관이 있어서 이동할 수 있다.

| 구분 | 핵막 | 세포벽 | 세포 수 | 광합성 | 운동성 | 예시 |
|---|---|---|---|---|---|---|
| 원핵생물계 | × | ○ | 대부분 단세포 | 광합성 먹이섭취 | 다양함 | 대장균, 폐렴균, 젖산균 |
| 원생생물계 | ○ | 다양함 | 대부분 단세포 | 광합성 먹이섭취 | 다양함 | 단세포 : 짚신벌레, 아메바<br>다세포 : 김, 미역, 다시마, 파래 |
| 균계 | ○ | ○ | 대부분 다세포 | × | × | 단세포 : 효모<br>다세포 : 버섯, 곰팡이 |
| 식물계 | ○ | ○ | 다세포 | ○ | × | |
| 동물계 | ○ | × | 다세포 | × | ○ | 무척추 : 해파리, 지렁이, 달팽이, 나비, 거미<br>척추 : 개구리, 붕어, 악어, 오리, 원숭이, 사람, 고래 |

창인 모습에 깜짝 놀랐다. 누가 고의로 박살 낸 흔적이 뚜렷하게 남아 있었다. 옆방인 식물계 방으로 들어갔다. 일부가 부서지긴 했지만 동물계 방에 비교하면 정상에 가까웠다. 나머지 균계, 원생생물계, 원핵생물계 방은 깔끔한 상태 그대로였다. 동물계 방으로 다시 돌아오니 오로라와 로잘린이 그곳에 와 있었다.

**오로라** 여기서 싸움이라도 벌인 걸까?

**아이작** 싸움을 벌인 흔적이 아니야. 저 실험기기와 장비들을 봐. 그냥 대놓고 부숴버렸잖아.

**로잘린** 이 방에서 분노가 느껴져. 억눌렸던 분노가 폭탄처럼 터졌어.

Memo

# 4

# 기체의 성질과 보일의 과학 정신

**미다스** 이쪽으로 와볼래?

미다스가 반대쪽에서 우리를 불렀다. 우리는 동물계 방에서 나와 미다스가 있는 곳으로 갔다. 그곳에는 실험장비들이 빼곡했다.

**오로라** 여긴 멀쩡하네.

문 바로 앞에 있는 넓은 탁자 위에 이제 막 실험을 시작한 흔적이 남아 있었다. 받침대 위에 물이 담긴 수조가 나란하게 놓였는데 왼쪽은 램프로 약하게 계속 가열해서 따뜻한 상태를 유지하고, 오른쪽은 냉방장치로 계속 차가운 상태를 유지하는 실험장비였다. 수조 위에서는 푸른색

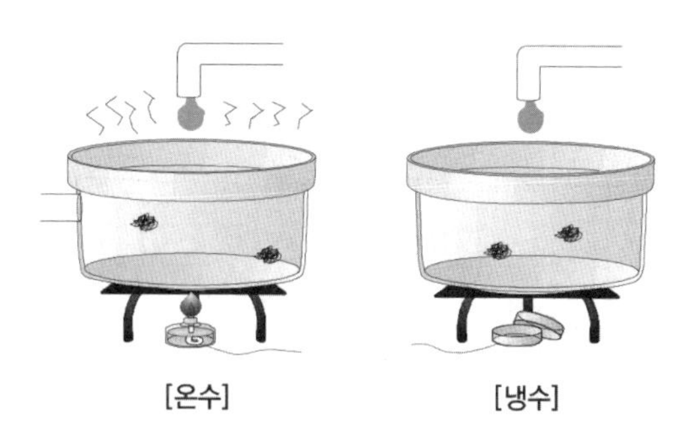

[온수]　　　　　[냉수]

액체가 간격을 두고 한 방울씩 떨어졌다. 푸른 방울이 떨어지면 색깔을 띤 **입자들이 스스로 운동하며 퍼져나가는 확산**이 이루어졌다.

그런데 확산 속도는 따뜻한 물이 찬물보다 훨씬 빨랐다. 온수에 떨어진 푸른 방울은 순식간에 수조 전체로 확산했지만, 찬물에 떨어진 푸른 방울은 아주 느리게 퍼졌다. 즉 **온도가 높을 때 확산이 더 빠르게** 이루어졌다. 푸른 방울이 확산하면 수조 안에 든 작은 생명체가 활발하게 움직이며 색깔을 빨아들였다. 푸른색이 다 사라지고 나면 작은 생명체는 다시 움직임이 둔해졌고, 조금 뒤에 다시 푸른 방울이 떨어지면 같은 현상이 반복되었다.

수조 옆에는 또 다른 실험장비 세 대가 놓여 있었다. 완전히 밀폐된 육면체 투명 상자인데, 상자 안에는 수조와 마찬가지로 작은 생명체가 들어 있었고 상자 겉면에 각각 진공, 기체, 액체라는 딱지가 붙어 있었다.

수조와 마찬가지로 간격을 두고 푸른 방울이 투명 상자 안으로 공급되었는데, 진공 상태에서는 아주 빠르게 확산하고, 기체는 그다음으로

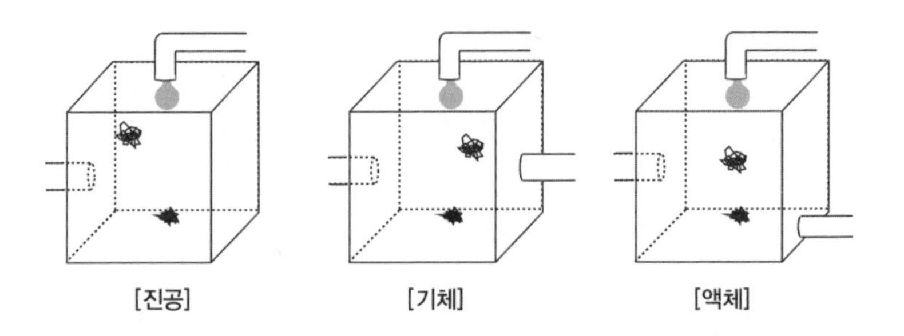


확산하며, 액체가 가장 느리게 확산했다. 즉 **확산 속도는 진공>기체>액체 순**이었다. 푸른 방울이 공급되면 그 안에 든 생명체가 수조와 마찬가지로 빠르게 푸른색을 흡수했고, 흡수하고 나면 움직임이 둔화했다. 그런데 신기한 점은 진공 상태의 생명체였다. 진공에서 생명체가 죽지 않고 살아가다니 무척 신기했다.

**오로라** 여기서 무슨 실험을 하고 있던 걸까?

**아이작** 무슨 실험을 하는지는 중요하지 않아.

**오로라** 그럼 뭐가 중요한데?

**아이작** 실험을 진행하는 중이었다는 게 중요하지.

**미다스** 그게 무슨 말이야? 여긴 실험실이니까 당연히….

**아이작** 램프가 아직도 켜져 있어. 푸른 방울은 계속 공급이 되고, 진공을 유지하는 장치도 작동 중이야.

**로잘린** 아! 실험을 하다가 갑자기 사라졌구나.

**아이작** 그래. 물이 증발하듯이 사라져 버렸어.

**오로라** 갑작스런 공격을 당했을까? 그래서 실험을 하다 말고 급하게 뛰어나가서 대응하느라 이렇게 두었을까?

**아이작** 그건 모르지만 확실한 점은 사라지기 바로 전까지 아무 문제 없이 일상생활이 이루어지고 있었다는 거야. 어떤 사건이 벌어졌는지 알아챌 만한 장비와 로봇은 멈췄지만 다른 실험 장비는 멀쩡하다면….

그때 갑자기 '뿌우웅~!' 하며 방귀 소리가 났다. 냄새가 순식간에 확산하며 코를 자극했다. 미다스가 미안한 표정을 지으며 손을 휘휘 저었다.

**오로라** 야, 뭐 하는 짓이야?

**미다스** 미안, 미안! 긴장해서….

우리는 방귀 냄새를 피해 재빨리 실험실을 벗어났다. 넓은 공간을 지나 문을 열고 밖으로 나갔더니, 그곳은 기지 안마당이었다. 오른쪽은 활동관이고 왼쪽은 생활관, 앞쪽은 운동장이었다. 운동장 옆으로는 온실과 창고가 보이는데 닭 사육장과 동물 우리는 창고에 가려 보이지 않았다.

**로잘린** 이거 꽃향기야. 세상에 이렇게 꽃향기가 황홀하다니….

**오로라** 그래, 누구 방귀 냄새보다는 훨씬 낫네.

로잘린은 건물 바로 앞에 넓게 조성해 놓은 꽃밭을 살피며 연신 감탄했다. 그러더니 자신이 들고 온 화분에서 자라던 식물을 그곳에 정성스럽게 옮겨 심었다. 꽃향기를 맡으니 긴장이 조금은 풀어지고 마음이 편안해졌다. 나는 천천히 안마당을 살폈다. 제일 먼저 눈에 들어오는 것은 어항이었다. 어항에는 작은 물고기 한 마리가 얼마 남지 않은 물속에서 꿈틀거렸다. 작은 초록색 잎이 어항 위쪽 벽면에 붙어 있었다.

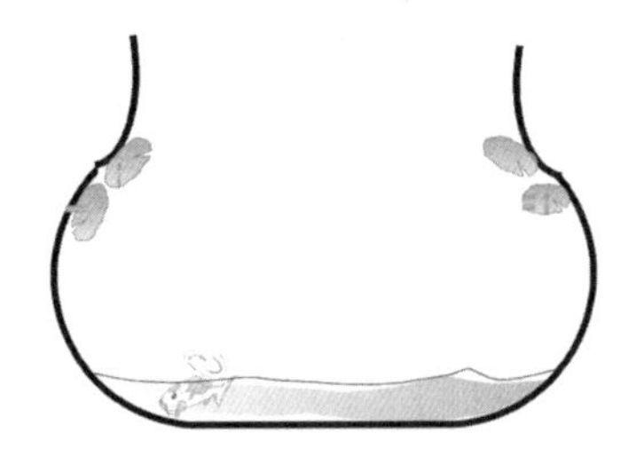

**아이작** 어항의 물이 증발했어. 처음에 이 잎이 붙어 있는 데까지 물이 있다가 뜨거운 날씨 때문에 물이 빠르게 증발하고 저 정도 물만 남은 거야.

**미다스** 저기 빨래도 그대로 널려 있어.

**오로라** 며칠 동안 날씨가 건조하고 무더웠나 본데….

햇볕과 바람에 잘 마른 옷이 빨랫줄에 줄줄이 걸려 있었다.

**오로라**　　소금 항아리의 뚜껑도 열려 있어.

염전에서는 바닷물을 증발시켜 소금을 얻는다. 그 소금을 잘 보관하려면 최대한 습기가 없어야 한다. 그래서 종종 항아리 뚜껑을 열어 습기가 증발하도록 해야 한다. 그리고 혹시라도 비가 오면 안 되기에 평상시에는 반드시 뚜껑을 닫아야 한다. 그런데 뚜껑을 열어둔 채 그대로 두었다는 것은 잠시 열어두었던 걸 닫지 못할 정도로 급박한 상황에 처했다는 말이다.

**미다스**　　이건 엄청 매운 향이 나는데?

미다스는 바닥에 넓게 널어놓은 빨간 고추 냄새를 맡더니 코를 움켜쥐었다. 고추는 서로 겹치지 않게 널려 있었다. **표면적을 넓게 해서 증발이 잘 이루어지도록 해놓은 것**이다. 고추를 만져보니 바짝 말라서, 갈면 바로 요리에 쓸 수 있을 정도였다.

**오로라**　　**햇볕이 좋고 습도가 낮고 바람이 잘 부는 날씨여서 증발이 잘**

**이루어지는 환경**[14]이었어. 그러니까 여기는 실험실 상태와 똑같은 사실을 알려주고 있어. 다들 다른 날과 마찬가지로 일상생활을 평범하게 보내는 중이었던 거야.

나는 바짝 마른 고추를 가만히 살폈다. 코로 매운 기운이 강하게 파고들었다. 꽤 매운 향이 나는 고추였다. 갑자기 좋은 생각이 떠올랐다. 나는 고추 몇 움큼을 봉투에 담았다.

**오로라** 뭐 하는 거야?

**아이작** 보일의 법칙을 활용해 보려고.

**오로라** 무슨 뚱딴지 같은 소리야?

**아이작** **온도가 일정할 때 일정량의 기체의 부피는 압력에 반비례한다는 보일의 법칙** 말이야.

로버트 보일은 베이컨, 갈릴레이를 잇는 실험 과학의 선구자로 실험을 중시하는 근대 화학의 기초를 다졌다. 보일은 '물질은 다양한 원소로 이

---

14 **증발이 잘 일어나는 환경**
**증발은 액체 표면에서 입자가 스스로 운동하여 액체에서 떨어져 나와 기체가 되는 현상**으로, 온도가 높을수록(헤어드라이어의 따뜻한 바람에 머리카락이 더 잘 마름), 습도가 낮을수록(건조한 날에 빨래가 잘 마름), 바람이 강할수록(바람이 불면 땀이 빨리 마름), 표면적이 넓을수록(빨래를 넓게 펴서 널어야 더 잘 마름) 증발이 잘 이루어진다.

뤄져 있으며, 원소들이 결합하여 화합물이 된다'고 생각했다. 보일은 공기 펌프를 만들어 공기와 관련된 실험을 진행했고, 압력과 부피의 관계에 대한 보일의 법칙을 발견했다. 보일은 《의심 많은 화학자(The Sceptical Chymist)》라는 책에서 "함부로 믿지 말고, 스스로 검증하고 확인한 것만 믿으라"라고 하면서 실험하는 정신과 태도를 강조했다.

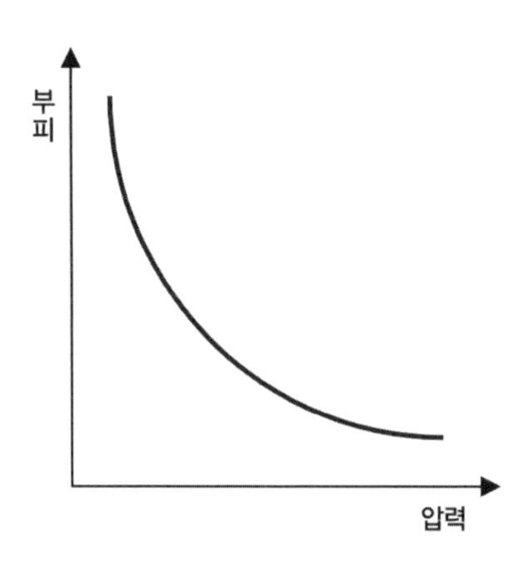


나도 보일의 그 실험정신이 중요하다고 생각한다. **현재의 과학은 영원한 진리가 아니라 현재까지 인류가 찾아낸 가장 나은 답이다. 그러니 우리를 앞으로 나아가게 하는 것은 확신이 아니라 의심**이다. **끊임없이 의문을 품고 스스로 탐구하고 실험하는 태도, 그것이 과학의 핵심 정신**이다. 그리고 지금 제2지구에 정착하려는 우리에게 가장 필요한 것이 바로 과학의 핵심 정신이다.

**오로라** 그건 나도 알아. 압력을 두 배, 세 배로 늘리면 부피는 1/2, 1/3로 줄어들잖아.

**아이작** 그 원리를 이용해 무기를 만들려고.

**오로라** 무기가 필요하면 활이나 창을 들어.

**아이작** 그건 상대를 다치게 하잖아. 이건 상대를 다치지 않게 하면서 제압하는 용도야.

**오로라** 매운 고추와 보일의 법칙이 무슨 상관인데….

**아이작** **일정한 온도에서 부피와 압력을 곱한 값은 늘 일정해.**[15] 따라서 압력을 크게 높이면 일정한 부피 안에 든 물질은 줄어들어서 아주 작은 공간으로 들어가게 돼. 그러다 압력을 갑자기 낮추면 부피는 팽창하게 되지. 즉 좁은 공간에 압축되어 있던 물질이 빠르게 확산하는 거야.

**오로라** 그러니까 고춧가루를 좁은 용기 안에 압축시켰다가 터트리는 고춧가루 폭탄을 만들겠다는 거네.

**아이작** 빙고!

---

**15 보일의 법칙**

일정한 온도에서 기체의 압력과 부피를 곱한 값은 늘 일정하다(부피와 압력은 반비례한다).

| 압력 | 1/3 | 1/2 | 1 | 2 | 3 |
|---|---|---|---|---|---|
| 부피 | 18 | 12 | 6 | 3 | 2 |
| 압력×부피 | 6 | 6 | 6 | 6 | 6 |
| 입자의 충돌 횟수 | 감소 | ↙ | | ↗ | 증가 |
| 입자 사이의 거리 | 멀다 | ● ↔ ● | | ●↔● | 가깝다 |

나는 고추를 들고 실험실로 다시 들어갔다. 그곳에서 고춧가루를 잘게 간 뒤에 용기에 넣었다. 압력을 높이는 장비를 켰다. 장비에는 **압력의 단위**(N/㎡)가 숫자로 나타났는데, 그 단위는 **일정한 면적에 수직으로 작용하는 힘이 압력**[16]임을 보여주었다. 에이다는 **물리법칙을 기억할 때는 공식을 외우려고 하지 말고 단위를 기억하라**고 했다. 단위를 알면 공식은 저절로 따라오며, 단위가 곧 물리법칙의 원리를 보여준다고 했다. 압력의 단위인 N/㎡도 압력이라는 물리법칙의 본질이 무엇인지 잘 드러내고 있었다.

장비를 이용해 고춧가루를 넣은 공기를 압축시키자 부피는 줄어들고 압력은 점점 올라갔다. 기체 입자는 어느 한 방향이 아니라 모든 방향으로 움직인다. 그래서 압력을 가하면 그 모든 방향으로 충돌하는 횟수가 증가하며 어느 방향이든 같은 힘으로 압력이 커진다. 즉 어느 쪽을 터트리든 폭발력은 같다는 말이다.

나는 아무 방향이나 정해서 터트리는 장치를 설치한 다음 안전핀을 덧붙였다. 안전핀을 제거하면 곧바로 터지도록 만든 것이다. 그렇게 고춧가루 폭탄 여러 개를 제작해서 밖으로 나왔다. 안마당에서는 친구들이 열기구를 띄울 준비를 하고 있었다.

---

16 압력(N/㎡) = $\dfrac{\text{수직으로 작용하는 힘(N)}}{\text{힘을 받는 면의 면적}(m^2)}$

**아이작** 이 열기구는 뭐야?

**오로라** 네가 보일의 법칙을 이용한다기에 난 샤를의 법칙을 이용해 보기로 했지.

**압력이 일정할 때 기체의 종류와 상관없이 일정량의 기체의 부피는 온도에 비례한다는 것이 샤를의 법칙**이다. 온도가 올라가면 기체의 운동이 활발해지고 그에 따라 입자가 더 많이 충돌하고, 충돌의 강도도 증가하면서 부피도 커지게 된다. 반대로 온도가 내려가면 기체의 운동이 둔해지고, 그에 따라 입자의 충돌 횟수도 줄어들고 충돌의 강도도 감소하기에 부피도 줄어든다.

열기구는 이러한 샤를의 법칙을 이용한 장비다. 열을 가하면 열기구 내부의 공기가 팽창하면서 부피가 커지고 밀도가 줄어든다. 그로 인해 부력이 커진 열기구 내의 공기는 위로 떠오르게 되고, 그 힘으로 열기구

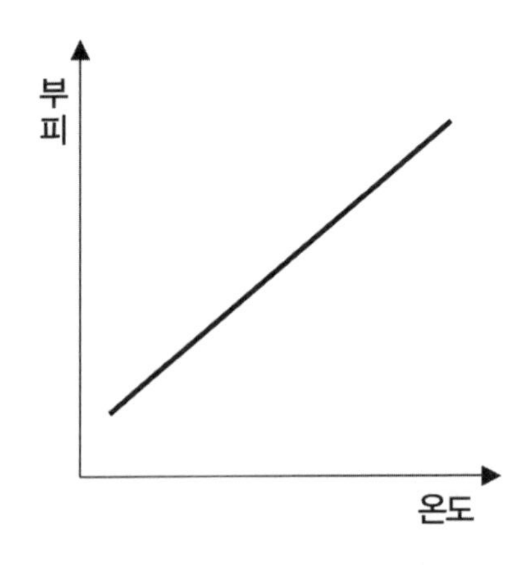

전체가 상승한다.

일상에서는 빈 페트병을 통해 샤를의 법칙을 손쉽게 확인할 수 있다. 빈 페트병을 찌그러뜨린 뒤에 뜨거운 물을 겉에 부으면 페트병이 원래 모양으로 돌아온다. 페트병 내부 공기의 온도가 올라가면서 부피가 팽창하기 때문이다. 그 반대로 팽팽한 빈 페트병을 냉동실에 넣으면 얼마 지나지 않아 찌그러진다. 이는 온도가 내려가면서 부피가 수축하기 때문이다. 샤를의 법칙을 활용하면 찌그러진 탁구공도 펼 수 있다. 찌그러진 탁구공을 뜨거운 물에 넣으면 탁구공 안의 공기가 팽창하면서 탁구공의 찌그러진 부분이 펴진다.

**아이작** 열기구는 어디서 찾아낸 거야?

**로잘린** 창고에서 찾아냈어. 안마당과 운동장 사이에 굵은 밧줄을 거는 고리가 있는 것으로 봐서 이 기지에서 농장 전체를 살피는 용도로 활용한 것 같아.

열기구를 띄워 주변을 살피는 건 좋은 생각이었다. 오로라가 열기구의 버너에 불을 붙였다. 푸른 불꽃이 타오르면서 열기구의 구피(풍선처럼 생긴 부분)가 점점 부풀어 올랐다. 오로라는 불꽃을 점점 강렬하게 키웠다. 열기구가 조금씩 들썩였다. 나는 고춧가루 폭탄을 로잘린과 미다스에게 하나씩 건넨 뒤에 바스켓(열기구의 탑승 공간)에 올라탔다. 열기구는 점점 공중으로 떠올랐다. 지상과 연결된 밧줄의 길이를 통해 위로 떠오르는 높이를 조절할 수 있었다. 열기구에서는 넓게 펼쳐진 거대한 농장이 한눈에 들어왔다.

농장은 크게 두 구역으로 나뉘었다. 하나는 하얀 비닐하우스 지대고, 다른 하나는 초록의 작물이 자라는 들판이었다. 비닐하우스는 활대 없이 공기압으로 유지되는 시설이다. 비닐하우스는 이중의 막으로 이루어져 있는데 그 안의 막과 막 사이에 공기가 채워져 있다. 그 공기에 열을 가하면 팽창하게 되고, 비닐하우스는 활대가 없이도 일정한 형태를 유지하는 구조물이 된다. 비닐하우스도 열기구와 마찬가지로 샤를의 법칙을 활용한 시설이었다.

비닐하우스 안은 독립된 인공지능이 농작물을 사시사철 관리하며 재배한다. 들판에서 농작물을 기르면 날씨에 큰 영향을 받지만, 비닐하우스 안에서는 거의 영향을 받지 않는다. 그래서 들판에서는 재배할 수 있는 농작물이 제한되지만 비닐하우스에서는 인공지능이 외부의 기온 변화를 차단하고 내부의 열을 뜻대로 조절하여 원하는 대로 농작물을 재배할 수 있다. 그렇기에 제1지구의 농작물을 재배하기에 적당하다. 비닐하우스 지대에는 이상한 점이 없었다.

**오로라** 저쪽을 봐.

오로라가 손가락으로 가리키는 방향을 봤다. 초록의 농작물들이 넓게 펼쳐진 지대의 한쪽이 엉망진창이 되어 있었다. 그 면적이 매우 넓었는데 누가 일부러 농사를 방해하려고 헤집어 놓은 것 같았다.

**오로라** 동물계 방에서 벌어진 일과 관련이 있는 걸까?

**아이작** 그럴 수도 있고, 아닐 수도 있고.

**오로라** 도대체 여기서 무슨 일이 벌어진 거지?

**아이작** 확실한 건 30명이 어느 한 시점에 모두 같이 사라졌고, 일부 시설이 파괴되었다는 거야. 그 파괴엔 감정이 섞였고. 그렇다면 이건 목적이 있는 행위야. 목적은 의지를 발휘하는 생명체, 지성이 있는 존재만 가능해.

**오로라** 네 말대로라면 범위가 좁혀지네. 별의 아이들 가운데 범인이 있든지, 아니면 우리를 넘어서는 어떤 생명체든지….

**아이작** 전혀 다른 가능성도 있지.

**오로라** 그게 뭔데?

**아이작** 제2지구는 제1지구와 거의 99%가 같은 환경이야. 그렇다는 말은….

**오로라** 혹시 이곳에 인간과 같은 지성을 지닌 생명체가 있을지도 모른다는 뜻이니?

**아이작** 우린 아직 이 행성에 대해서 아는 게 그리 많지 않아. 엄청나게 발전된 문명이 없는 건 확실하지만 초기 인류와 같은 지성을 지닌 존재가 있을 가능성은 배제하지 못해.

**오로라** 그들이 어떤 이유로 인간을 공격했다고?

**아이작** 그냥 짐작일 뿐이야. 가능성이 높지 않은…. 동물계 방이 파괴된 걸 보면서 그런 생각이 들었어.

**오로라** 만약 그게 사실이면, 무척 난감한 상황인데….

만약 지성을 갖춘 새로운 종을 만난다면 우리는 어떻게 해야 할까? 이곳에 정착하기 위한 시도를 근본부터 재검토해야 할까? 그들과는 어떤 관계를 맺어야 할까? 수백 년 전 유럽인들이 아메리카대륙과 아프리카대륙으로 건너가 저지른 짓을 또다시 우리가 벌이게 되는 건 아닐까? 생각할수록 골치가 아팠다.

**아이작** 어쨌든 농장 주변을 보호하는 울타리는 다 멀쩡해.

**오로라** 그래. 그건 조금 다행이다.

**아이작** 이제 내려가자.

오로라는 버너의 온도를 낮췄다. 온도를 낮추면 기체 입자의 움직임이 둔화되고, 압력이 낮아지면서 부피가 줄어든다. 구피 안쪽 공기의 밀도가 높아지고 부력이 감소하면서 열기구는 점점 아래로 내려갔다. 열기구

가 땅으로 내려가는데 이상한 냄새가 났다. 그리 독하진 않았지만 꽤 불쾌한 감정이 드는 냄새였다. 땅에서 기다리던 로잘린과 미다스도 얼굴을 잔뜩 찌푸리고 있었다.

**오로라** 이게 무슨 냄새야?

**미다스** 모르겠어. 조금 전부터 갑자기 구린내가 났어.

우리는 지상에서 산 적이 없다. 우주선에서 겪은 감각은 다양하지 않았는데, 이런 냄새야말로 이곳이 메타버스가 아니라 현실이라는 걸 보여주는 증거였다. 그렇다고 반가워할 수는 없는 냄새였다. 우리는 재빨리 열기구를 정리하고 창고에 넣었다. 창고에서 안마당으로 나오려는데 땅을 거칠게 밟아대는 소리가 들렸다.

**로잘린** 이게 무슨 소리지?

**미다스** 혹시… 괴물 아냐?

괴물이란 말에 오로라가 화살을 활에 메겼다. 진동이 이는 곳에서 먼지가 뿌옇게 일더니 시커먼 동물이 우리 쪽으로 뛰어왔다. 오로라가 재빨리 활을 쏘았다. 화살이 허공을 가르며 동물에게 날아갔다. 화살은 아슬아슬하게 동물 옆을 스치고 지나갔다. 오로라가 다시 화살을 메기는 사이 동물은 더욱 빠른 속도로 달려왔다.

**아이작** 빨리 보호장치를 켜!

보호장치에서는 동물들이 싫어하는 전파가 나간다. 보호장치를 켜자 가까이 다가오던 동물이 괴로운 신음을 내며 뒤로 물러났다. 활을 쏘려던 오로라도 동물이 물러나자 활을 내려놓았다. 동물은 뒷걸음질을 치며 몹시 괴로워했다.

**미다스** 저게 혹시 괴물이야?

나는 동물을 자세히 살폈다. 눈이 크고 코가 납작한데 삐죽한 입의 양옆으로 이빨이 살짝 튀어나와 있었다. 생김새는 제1지구에서 사는 멧돼지와 엇비슷했다.

**아이작** 괴물이 아니야. 그냥 멧돼지랑 비슷한 동물 같아.

**오로라** 야생동물이 어쩌다 기지로 들어왔지?

**미다스** 혹시 저게 사람을 공격한 거 아니야?

**아이작** 저 정도에 30명이 한꺼번에 당하진 않아.

**미다스** 그렇다면 다행이고.

**로잘린** 아무래도 붙잡아서 사육하던 동물 같아. 제1지구의 소나 돼지처럼 만들려고.

**아이작** 그렇다면 저 녀석이 농장을 망친 주범이겠군.

**오로라** 그나저나 저 녀석을 어떻게 하지?

오로라가 활을 만지작거렸다.

**로잘린** 기지를 활보하게 내버려둘 수도 없고, 우리에 가둬둘 수도 없어. 그러니까 보호장치를 이용해서 기지 밖으로 내보내자.

# 5

# 물질의 상태변화와 캐리어의 에어컨

동물을 기지 밖으로 내보내고 나서 우리는 먼저 생활관으로 들어갔다. 생활관 입구에는 조그만 휴게실이 있고 휴게실 왼쪽에는 숙소, 오른쪽에는 식당과 의료실이 위치했다. 휴게실 뒷면의 벽면에는 독특한 장식장 하나가 놓여 있고, 식당으로 가는 벽면에는 하루 일과표가 붙어 있었다. 일과표에는 오전 활동 전에 대회의실에서 전체 모임을 연다는 것과 거기서 다룰 회의 안건까지 세세하게 적혀 있었는데, 회의 시간은 한 시간을 넘지 않는다는 강조 표시가 유난히 눈에 띄었다.

일단 나란하게 이어진 숙소부터 살펴보기로 했다. 첫 번째 방문을 열자 아담하면서도 예쁜 공간이 우리를 맞이했다. 돌과 흙, 나무로 쌓아 올린 벽체는 정겨운 느낌을 풍겼다. 창문을 중심으로 좌우에 놓인 나무 침대는 메타버스에서 종종 보던 세련된 침대는 아니지만 나름 고풍스러운 분위기를 자아냈다. 입구 왼편에 샤워실과 화장실이 딸려 있어서 사생활을 지키며 생활하는 데 불편함이 없었다. 나머지 벽의 빈 곳에는 옷을 넣어두는 옷장과 작은 소품들로 꾸며놓은 장식장이 아담하게 갖춰져 있었다. 방을 샅샅이 뒤졌지만 딱히 의심이 갈 만한 흔적은 없었다. 나머지 방들도 다 살폈지만 실종 사건의 단서가 될 만한 증거는 발견하지 못했다.

우리는 다시 휴게실로 와서 식당 쪽으로 움직였다. 식당은 50명이 한꺼번에 먹어도 될 만큼 식탁이 많고, 주방도 무척 넓었다. 식당으로 들어가자 미다스가 환호성을 질렀다.

**미다스** 끝내준다!

미다스는 주방 곳곳을 탐험하듯이 돌아보았다. 미다스는 요리를 좋아한다. 그러나 직접 요리를 한 적은 없다. 메타버스에서는 수없이 많이 요리를 해봤지만 그건 어디까지나 가상공간에서 한 경험이다. 직접 재료를 만지고, 열을 다루면서 맛있는 음식을 만드는 것은 미다스의 오래된 소망이었다.

**오로라** 함부로 만지지 마. 사건이 여기서 발생했을지도 몰라. 일단 증거나 흔적부터 찾아야 해.

요리 도구를 만지려던 미다스는 무척 아쉬워하면서도 오로라의 말에 따랐다. 로잘린과 오로라는 식탁을 살폈고, 나와 미다스는 주방을 조사했다. 그릇은 깔끔하게 정리되어 있었는데 설거지가 된 상태 그대로였다. 설거지를 한 그릇에서 수분이 모두 **기화**되어 사라지면 마른 그릇은 선반에 정리하는 게 에이다에게 배운 생활 규칙이다. 지저분한 그릇이 없는 걸 보면 설거지를 끝내고 난 뒤에 실종사건이 벌어졌다. 이는 아주 중요한 단서를 제공한다.

한 사람, 또는 두세 명이 집단 전체를 한꺼번에 제압하는 데 음식처럼 좋은 방법이 없다. 음식에 어떤 약물을 넣어서 먹게 만들면 간단하기 때문이다. 음식을 활용한 범죄를 저지르기에 식당만큼 좋은 곳은 없다. 다 같이 먹는 상황에서 범죄자들만 약을 먹지 않고, 다른 단원들을 다 먹게 하는 게 쉬운 일은 아니지만, 그렇다고 불가능하지도 않다.

만약 식당에서 사건이 벌어졌다면 흔적이 남아 있을 거라고 믿었다. 그런데 깨끗하고 정결한 주방과 반듯하게 정리된 식탁과 의자는 아무리 봐도 범행이 일어난 장소 같지는 않았다.

나는 냉장고를 열었다. 제1지구에서 사용하는 화려하고 멋진 냉장고는 아니었다. 그렇게 큰 냉장고는 우주선에 싣고 오기 힘들다. 이곳에서는 아직 냉장고를 만들 만한 생산시설이 갖춰져 있지 않다. 그렇지만 생활하는 데 냉장고는 필수였기에 각 기지마다 작은 냉장고가 하나씩 공급되어 있다.

냉동실에는 단단하게 얼린 식재료들이 깔끔하게 정리되어 있었다. 겉모습을 자세히 살폈지만 의심이 가는 점은 없었다. 하나씩 꺼내서 일일이 확인했다. 고기나 생선 같은 재료도 있었지만 **액체**를 얼려서 **고체**로 만들어놓은 식재료도 제법 많았다. 아마 녹여서 바로 수프나 국물을 먹으려고 준비해 둔 재료 같았다. 액체를 얼려서 냉동해도 맛을 내는 특성은 바뀌지 않으면서 오래 보관이 가능하니 꽤 좋은 방식이다.

냉장실 문을 열자 **액체**가 담긴 작은 크기의 용기들이 나란히 정리되어 있었는데, 용기들의 모양이 참으로 다양했다. 용기 겉면에는 식초, 간장, 올리브유, 발사믹, 굴 소스, 꿀, 마요네즈, 케첩, 머스터드, 메이플시럽 등과 같은 이름이 쓰여 있었다. 담긴 액체의 종류와 상관없이 담긴 액체의 형태는 용기의 내부 모양과 동일했다.[17]

**아이작** 저 작은 용기 중 하나에 약물을 넣었다면….

---

**17 고체-액체-기체의 특징**

| 구분 | 고체 | 액체 | 기체 |
|---|---|---|---|
| **입자의 배열** | 규칙적인 배열. | 불규칙적인 배열. | 매우 불규칙적인 배열. |
| **입자의 운동** | 제자리에서 진동함. | 자유롭게 이동함. | 매우 활발하게 운동함. |
| **입자 사이의 거리** | 가깝다. | 대체로 가깝다. | 매우 멀다. |
| **물질의 형태** | 일정함. | 용기에 따라 다름. | 용기에 따라 다름. |
| **물질의 부피** | 일정함. | 일정함. | 용기에 따라 다름. |
| **흐르는 성질** | 없다. | 있다(유체). | 있다(유체). |
| **압축되는 성질** | 압축이 매우 어려움 | 쉽게 압축되지 않음 | 쉽게 압축됨. |

**미다스** 그게 무슨 소리야?

**아이작** 아, 아니야.

나도 모르게 생각이 입 밖으로 나온 모양이다. 각종 용기에 든 액체를 다 꺼내서 내 의심을 확인해 보고 싶었지만 일단 참았다. 그걸 다 하려면 시간이 너무 오래 걸리므로 다른 가능성을 다 검토한 뒤에도 실마리가 잡히지 않으면 해보기로 했다.

**미다스** 어, 저게 뭐지?

미다스가 손을 집어넣더니 냉장고 아래의 닫힌 칸에서 작은 통 하나를 꺼냈다. 통에는 먹다 남은 국물이 남았는데, 국물 위에는 고깃기름이 **응고**되어 있었다. 고기를 넣고 팔팔 끓일 때 **액체가 되어 빠져나온 고깃기름이 온도가 내려가자 응고되어 다시 고체가 된 것**이다.

**미다스** 나 배고픈데…, 넌 괜찮아? 우리 제2지구에 온 뒤로 아무것도 안 먹었어.

미다스 말을 듣고 보니 갑자기 허기졌다. 식당에서 어떤 증거물도 발견하지 못했으니 잠시 허기를 달래는 식사를 하는 것도 괜찮을 듯했다.

**아이작** 그래, 응급식량은 일단 두고 냉장고에 있는 음식으로 식사를 하자.

내가 동의하자 미다스의 얼굴이 환해졌다. 미다스는 고깃국물이 상하지 않은 걸 확인하고는 냄비를 전기 인덕션에 올렸다. 인덕션을 켜자 냄비의 손잡이에 고깃국물의 온도가 표시되었다.

**오로라** 도대체 뭐 하는 거야?

식탁과 의자를 비롯해 식당 곳곳을 샅샅이 살피고 온 오로라와 로잘린이 주방으로 왔다.

**미다스** 보면 몰라? 요리하려고. 너희도 배고프지 않아?
**오로라** 지금 우리가 뭐 하러 왔는지 잊었어?
**아이작** 제2지구에 내려와서 이제껏 아무것도 안 먹었어.
**로잘린** 그래. 뭐 좀 먹자. 계속 긴장해서 그런지 목도 마르고.
**아이작** 냉동실에 얼음이 있었어. 내가 시원한 물을 만들어줄게.

나는 선반에서 유리컵 네 잔을 꺼낸 뒤에 수도꼭지를 틀어서 물을 받았다. 냉동실에서 얼음 조각을 꺼내 컵에 세 개씩 넣었다. 얼음은 물에 들어가자 서서히 **융해**되었다. 물의 온도가 내려가자 물컵에 물방울이 맺혔다. 물방울이 또르르 흐르면서 바닥으로 떨어졌다.

**미다스** 어, 이게 뭐야? 물이 흐르잖아. 컵에 금이라도 간 거야?

자기 앞에 놓인 유리잔을 들던 미다스가 놀라며 잔을 세심하게 살폈다.

**오로라** 컵은 멀쩡해. 공기 중에 있는 수증기가 차가워지면서 **액화**되었을 뿐이야.

**미다스** 수증기가 액화되었다고? 아, 맞다. 이거 배운 적 있는데 그새 까먹다니….

미다스는 머리를 쥐어박는 시늉을 하더니 잔을 들어 물을 들이켰다. 나도 물컵을 들고 마셨다. 시원한 물이 마른 몸을 촉촉이 적셨다. 얼음은 아직 다 녹지 않아, 얼음만 남기고 물을 다 마셨다. 잔을 바닥에 내려놓는데 손에 물기가 남아 있었다. 수증기가 액화되어 유리컵 겉면에 묻어 있던 물이었다. 나는 그 물을 가만히 살폈다. 손에 묻었던 물이 서서히 마르더니 조금 뒤에 흔적도 없이 사라졌다. 체온의 열을 흡수한 물이 **기화**하여 공기 중으로 날아간 것이다. 흔하게 벌어지는 현상이지만 가만히 따져보니 더없이 신기했다.

고대 그리스의 철학자 탈레스(Thales, 기원전 624~546)는 만물의 근원을 물이라고 하면서, 우리가 살고 있는 땅이 물 위에 떠 있다고 주장했다. 드넓게 펼쳐진 바다를 보면 그런 생각을 할 만도 하다. 육지가 바다 위에 떠 있다는 탈레스의 생각은 틀렸지만 생명에게는 일정 정도 적합한 생각이다. 우린 생명이고 우리 몸의 약 70%가 물이니, 생명은 물에 뿌리를 두고 존재하기 때문이다.

탈레스가 보기에 물이 참 신기했을 것이다. 고체인 얼음이 **융해**되어 물이 되고, 액체인 물이 **기화**하여 기체인 수증기가 되어 사라지는 걸 보면서 신비한 변신술을 떠올렸을 것이다. 물이 없으면 생명이 죽고, 생명을 지탱하는 핵심인 피도 액체이니 탈레스는 물을 만물의 근원으로 판단했다. 다양하게 변신하는 물을 보면서 모든 것의 근원으로 물을 떠올리는 것이 자연스럽긴 하지만, 우리가 다 알고 있듯이 물이 세상을 이루는 근본은 아니다.

어쨌든 물은 변신의 귀재다. 아니, 모든 물질은 다 변신한다. 변하지 않는 물질은 없다. 상태는 끊임없이 변한다. 그것이 이 우주에 흐르는 법칙이다.

얼음뿐 아니라 모든 고체는 **융해**되어 녹는다. 양초도 녹고, 철도 녹고, 심지어 바위도 녹는다. 액체는 온도가 낮아지면 **응고**되어 고체로 변신한다. 날이 추워지면 호수의 물이 얼고, 촛농은 굳어서 단단해지고, 마그마는 식어서 바위가 된다. 액체는 온도가 올라가면 **기화**하여 기체가 된다.

가열하면 물이 끓고, 햇빛을 받으면 빨래가 마르고, 에탄올은 열을 얼마 가하지 않아도 증발한다. 기체가 된 물질은 온도가 낮아지면 **액화**하여 액체가 된다. 차가운 컵 표면에 물이 맺히고, 증류된 알코올을 식히면 술이 된다. 고체에서 기체로, 기체에서 고체로 곧장 변하기도 한다. 이런 현상을 **승화**라고 하는데 아이스크림 등을 포장할 때 쓰는 드라이아이스가 대표적인 물질이다.

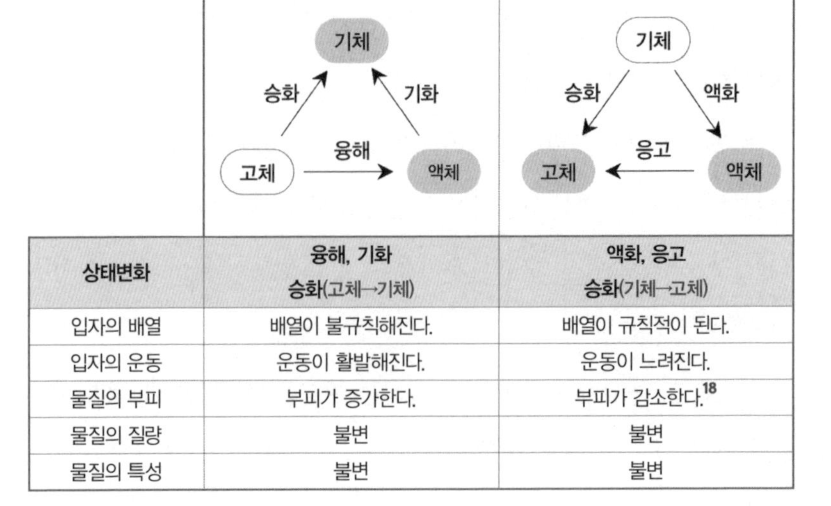


| 상태변화 | 융해, 기화<br>승화(고체→기체) | 액화, 응고<br>승화(기체→고체) |
|---|---|---|
| 입자의 배열 | 배열이 불규칙해진다. | 배열이 규칙적이 된다. |
| 입자의 운동 | 운동이 활발해진다. | 운동이 느려진다. |
| 물질의 부피 | 부피가 증가한다. | 부피가 감소한다.[18] |
| 물질의 질량 | 불변 | 불변 |
| 물질의 특성 | 불변 | 불변 |

**18 물이 응고될 때 부피가 증가하는 이유**

대부분의 물질은 응고될 때 입자들이 조밀하고 규칙적으로 배열되면서 입자 사이의 거리가 액체 상태일 때보다 가까워진다. 그러나 물은 고체가 되면 부피가 증가한다. 왜냐하면 물이 응고될 때 물 분자들이 육각형 고리 모양으로 배열하면서 빈 공간이 많아지기 때문이다. 빈 공간이 늘어나면서 분자 사이의 거리가 멀어지므로 부피가 증가할 수밖에 없다. 이러한 이유로 물을 유리병에 담아 냉동실에 두면 유리가 깨지기도 하고, 날이 갑자기 추워지면 수도관이 파손되는 것이다.

인덕션에서 열을 전달받은 냄비 속 고깃국은 점점 온도가 올라갔다. 그걸 가만히 보던 오로라가 끼어들었다.

**오로라** 그 정도 국물을 끓여서 제대로 배를 채우겠어? 냉장고에 먹을 거 더 없어?

**미다스** 잠깐만, 냉동실에 이것저것 많이 있던데….

냉동실 문을 여는 미다스의 눈이 밝게 빛났다. 오로라는 미다스를 거들며 함께 음식을 준비했다. 나와 로잘린은 의자에 앉아서 그냥 기다리기로 했다. 미다스와 오로라는 이것저것 꺼내더니 포장지를 벗겼다. 그러고는 인덕션에 또 다른 냄비를 올려놓은 다음 냉동된 재료를 냄비에 넣었다. 이번에도 냄비 손잡이에 온도가 표시되었다. 냄비 안의 재료는 당연하게도 모두 온도가 영하였다.

인덕션의 열에너지가 냄비로 전달되면서 냄비 안 재료들의 온도가 서서히 올라갔다. **온도가 올라가면 입자의 운동이 활발해지면서 입자 사이의 거리가 멀어지는 상태로 변화**한다. 물론 **온도가 내려가면 입자 사이의 거리가 가까워지는 상태로 변화**한다. 따라서 온도가 올라가면 '고체→액체→기체'로 상태변화가 일어나고, 온도가 내려가면 '기체→액체→고체'로 상태변화가 일어난다. 물질은 온도와 압력 등의 조건 변화에 따라 상태가 변한다. 요리는 상태변화를 적극적으로 활용하는 행위다.

내가 이런 생각을 하며 요리를 지켜보는 게 이상하다고 생각할 것이다. 대다수 제1지구인들은 요리를 지켜보며 상태변화의 원리에 대해 떠올리지 않을 테니 말이다. 나도 아마 시간이 지나 이런 일에 익숙해지면 떠올리지 않게 될 것이다. 그러나 나는 이것이 처음이다. 메타버스에서는 많이 경험했지만 실제로 물질이 변화하는 과정을 직접 접한 것은 처음이다. 모든 처음은 신기하고, 그동안 익힌 지식과 경험을 떠올리게 만든다.

인덕션에서 열에너지를 계속해서 받기에 냄비 속 물질의 온도가 계속 올라갈 줄 알았더니 한동안 0℃에서 꿈쩍도 하지 않았다. 슬쩍 몸을 일으켜 살펴보니 냄비 안의 물질이 일부는 녹았지만 일부는 그대로 얼음 상태였다. 잠깐 갸웃거리다 머리에 저장된 지식을 떠올렸다. 열은 온도를 높이기도 하지만, 상태변화를 일으키는 데도 사용된다. **열이 상태변화에 사용되는 동안에는 온도가 올라가지 않는다**. 그래서 **녹는점, 끓는점에서는 물질의 상태변화가 끝날 때까지 온도가 그대로 유지**된다.

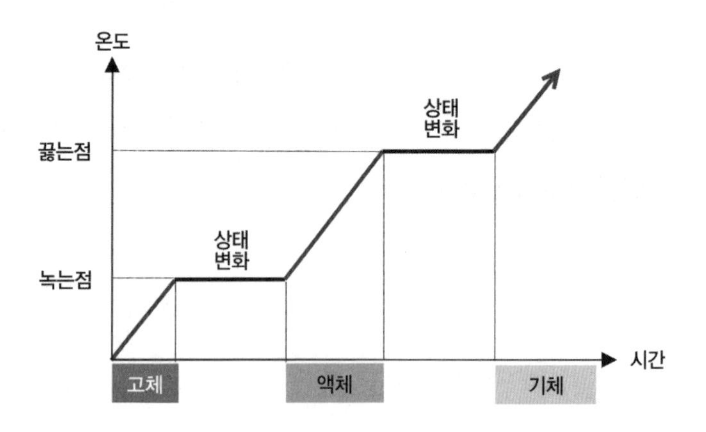

한동안 0℃에 머물던 온도는 물질이 모두 액체가 되자 빠르게 올라갔다. 그러다 다시 100℃ 근처에서 온도가 더 이상 오르지 않고 멈췄다. 이번에는 액체에서 기체로 상태변화가 일어나는 순간이었다. 냄비에서 팔팔 끓는 소리가 나자 갑자기 인덕션 위쪽에서 붉은빛이 깜빡이더니 환풍기가 작동하며 잠깐 요란한 소리를 냈다. 환풍기 표면에 '이산화탄소 흡수 중'이란 녹색 글씨가 떴다.

**미다스** 어휴 깜짝이야! 이게 뭐야?

**로잘린** 그거, 이산화탄소 포집기야.

**미다스** 이산화탄소 포집기라면…, 아 맞아. 우주선에도 있었지?

**로잘린** 이산화탄소는 제1지구에서 온난화를 일으킨 주범이잖아. 그걸 막으려고 개발한 기술 중 하나가 이산화탄소 포집 기술이야. 우주선에서도 이산화탄소를 포집한 뒤에 강한 압력을 가해서 곧바로 고체로 만들었잖아. 그렇게 만든 물질이 바로 드라이아이스야. 여기서도 이산화탄소를 포집해서 바로 드라이아이스를 만들고 있나 봐.

물질의 상태변화는 온도에 의해서만 일어나지 않는다. 압력도 상태변화를 일으키는 중요한 요인이다. **압력이 증가하면 입자의 운동이 둔화되면서 입자 사이의 거리가 가까워지는 상태로 변화**하고, **압력이 감소하면 입**

**자 사이의 거리가 멀어지는 상태로 변화**한다. 따라서 압력이 올라가면 '기체→액체→고체'로 상태변화가 일어나고, 압력이 내려가면 '고체→액체→기체'로 상태변화가 일어난다. 드라이아이스를 만들 때는 순간적인 고압을 가해서 기체를 곧바로 고체로 만들어버린다. 강한 압력이 기체를 고체로 만드는 승화 작용을 일으키는 것이다. 드라이아이스는 1기압 -75℃에서 승화가 일어나는데, 액체 상태를 거치지 않고 기체에서 고체로, 고체에서 기체로 바로 상태가 변화한다.

우리가 지내던 우주는 아주 춥다. 그래서 드라이아이스를 보관하는데 아무런 문제가 없었다. 그러나 이곳은 다르다. 그런 초저온의 상태를 계속 유지하려면 많은 에너지가 든다. 초저온 상태를 유지하는 장소나 설비가 이곳에 있다는 말인데…. 문득 어떤 직감이 떠올랐다. 왜 그런지 모르지만 왠지 그곳에 이 사건의 비밀을 풀 실마리가 있을 듯했다.

**아이작** 잠깐만, 어디 좀 다녀올게.

**오로라** 뭐야? 음식 준비 다 되어가는데….

**아이작** 먼저 먹어. 확인할 게 있어.

나는 친구들의 타박을 뒤로하고 빠르게 식당을 빠져나와 휴게실로 갔다. 곧바로 휴게소 벽면에 세워진 장식장을 살폈지만 아무런 물건도 들어있지 않았다. 장식장이지만 장식장 용도로 사용하고 있지 않았다. 그렇다

면 다른 용도로 쓰였을 가능성이 높다.

**아이작** 역시, 이럴 줄 알았어!

장식장 안쪽에 손때가 묻은 단추가 있었다. 그 단추를 누르자 장식장이 좌우로 나뉘더니 조명이 켜지면서 아래로 내려가는 계단이 보였다. 나무로 만든 계단은 매우 튼튼해 보였고, 제법 깊어서 한참을 아래로 내려가야 했다. 계단을 다 내려가자 동굴이 나왔는데 형태를 보니 자연적으로 만들어진 동굴 같았다. 동굴 위에 전기를 설치해 놓아서 걷는 데 불편하지 않았다. 동굴 끝에 달린 나무 문을 열자 제법 넓은 공간이 나왔다. 그곳에는 '지르'가 수십 개나 놓여 있었다. 지르 안에는 각종 채소와 과일, 농작물이 빼곡하게 담겨 있었다.

**지르는 크기가 다른 두 항아리를 이용해 냉장고와 같은 기능을 발휘하게 만든 장치**다. 큰 항아리 안에 작은 항아리를 넣은 뒤, 두 항아리 사이

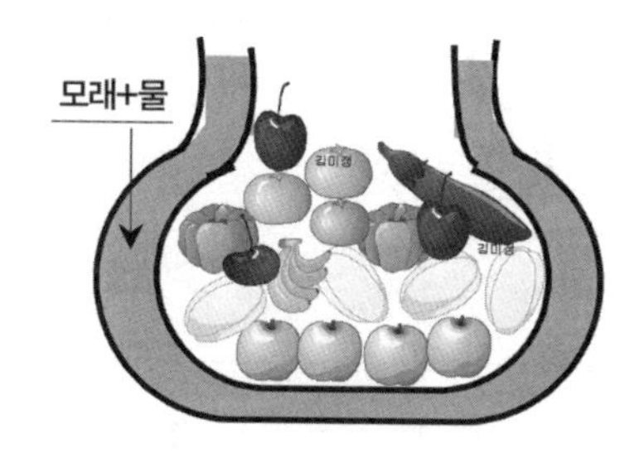

에 물에 젖은 모래를 채운다. 작은 항아리 안에는 냉장 보관이 필요한 식재료를 넣는다. 모래에 스며든 물은 시간이 지나면서 주변의 열을 빨아들이면서 기화한다. 열을 물에 빼앗긴 주변은 차가워진다. 이처럼 지르는 전기 없이 물의 기화열만 이용해 냉장 효과를 발휘하는 신기한 물건이다.

따지고 보면 전기를 이용한다는 점만 빼면 냉장고의 원리도 지르와 동일하다. 냉장고에서도 액체 냉매가 기화하면서 주변의 열을 흡수한다. **기화열 흡수가 일어나면 열을 빼앗긴 주변의 공기는 차가워진다.** 외부에서 에너지가 공급되지 않는다면 한 영역 안의 열에너지는 일정하기 때문에 한쪽이 열을 흡수하면 다른 쪽은 열을 빼앗길 수밖에 없다. 열을 빼앗기면 온도가 내려간다. 이는 돈의 원리와 똑같다. 돈이 일정한 상태에서 일부 사람이 돈을 많이 가지면 다른 사람들은 가난해질 수밖에 없다. 에너지도 돈과 똑같다. 이 원리를 이용하는 것이 바로 냉장고다.

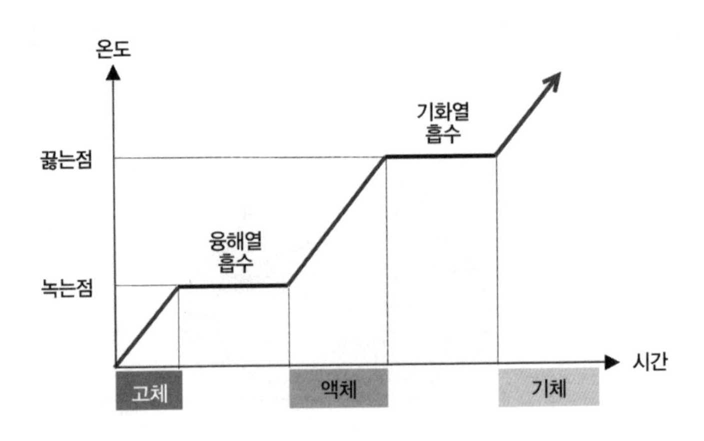



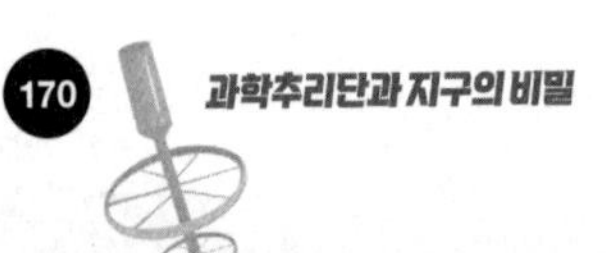

에어컨도 냉장고와 원리가 다르지 않다. 에어컨은 더위를 이겨내게 해주는 고마운 발명품이지만 별의 아이들인 우리가 이곳에 있게 해준 은인이기도 하다. 왜냐하면 전자기기에는 에어컨이 필요하기 때문이다. 사람뿐 아니라 전자기기도 더위에 약하다. 약하다는 표현보다는 제대로 작동하지 않는다는 표현이 더 적합하다.

에이다는 컴퓨터다. 에이다가 작동하면 엄청난 열이 발생한다. 그 열을 제대로 식혀주지 않으면 에이다는 금방 망가진다. 열을 빠르게 식혀주는 장치 덕분에 에이다가 정상적으로 작동하며, 우리를 이곳 제2지구까지 안전하게 데려올 수 있었다. 그러고 보면 에어컨을 발명한 **'윌리스 하빌랜드 캐리어'**는 인류의 새로운 미래를 여는 데 큰 기여를 한 셈이다.

넓은 지하공간을 살피다 특이한 문을 발견했다. 이 기지의 문은 재질이 모두 나무인데, 그 문은 달랐다. 문을 만져보니 한 번 경험했던 촉감인데, 언제 느꼈던 감각인지 기억이 나지 않았다. 단추를 누르자 문이 좌우로 열렸고, 매서운 냉기가 느껴졌다. 메타버스에서 북극 체험을 할 때 겪은 수준이었다. 벽에 달린 온도를 보니 영하 18℃였다. 특별한 설비도 없는 지하에서 어떻게 이런 온도를 만들어냈는지 무척 궁금했다. 그곳에는 온갖 고기들이 냉동된 채 양쪽 벽면을 반쯤 채우고 있었다.

3m 앞에는 또 다른 문이 달렸는데 단추를 누르자 역시 문이 열리고, 사람 서너 명 정도가 들어갈 정도의 작은 공간이 나타났다. 그곳의 온도는 영하 80℃를 가리키고 있었고, 벽면에는 밀봉된 포장지에 담긴 드라이

아이스가 가지런히 놓여 있고, 드라이아이스 일부는 어지럽게 바닥에 흩어져 있었다. 마치 누가 일부러 흐트러뜨려 놓은 것 같았다. 드라이아이스가 없는 동굴의 벽에는 아무런 인위적인 설비가 없었다. 어떤 이유에선지 모르지만 이곳은 자연적으로 엄청난 저온이 유지되고 있었다.

**아이작** 바닥에 흐트러졌다면…, 드라이아이스를 챙기다가 바닥에 떨어졌고, 저렇게 흐트러진 걸 정리하지도 않고 갔다는 말인데…, 정상적인 일을 진행하는 중이었다면 바닥에 떨어진 걸 정리하고 갔을 테니 이건 범행을 저지른 사람이 남긴 흔적일 수밖에 없는데….

이곳에서 범행을 저지른 흔적을 찾아낼지도 모른다는 내 직감이 맞았다. 직감이 맞은 건 좋았지만 극저온을 견디기에는 내가 입은 옷이 너무 얇았다. 나는 드라이아이스 한 뭉치를 창고에 있는 보온상자에 담은 뒤에 문을 닫았다. 문을 닫았지만 그 창고 안은 여전히 영하 18℃였다.

나는 추위를 참으며 주변을 살폈다. 고기 더미가 대부분이었는데 한쪽 구석에 얼음이 보였다. 작은 조각을 얼릴 수 있는 도구에 수십 개의 얼음이 들었는데 반쯤 비워져 있었다. 내가 이상하다고 생각한 점은 얼음 그 자체가 아니라 바로 색깔이었다. 그곳엔 특이하게 노란색 얼음이 있었다.

**아이작** 내가 범인이라고 생각해 보자. 내가 저 노란색 얼음을 만들었어. 무슨 의도로 만들었을까? 왜 주방에 있는 냉장고를 이용하지 않고 이곳을 이용했을까? 그건 여기를 담당하는 책임자만 이곳에 드나들었기 때문이지. 그렇다면 왜 그냥 얼음이 아니라 굳이 노란색 얼음을 얼렸을까? 두 가지 가능성이 있어. 노란색 음료를 좋아하거나, 아니면 범죄에 이용하거나. 노란색 음료를 좋아한다고 해서 그걸 얼려서 먹을 이유가 있을까? 물을 타면 농도가 약해지는 게 싫어서 그럴 수는 있지만, 그 대신 다 녹을 때까지 기다려야 해. 얼음을 살짝 넣어서 시원하게 하면 노란색 음료를 시원하게 먹을 수 있어. 그렇다면 남은 가능성은 하나. 범죄를 목적으로… 그리고 드라이아이스를 사용했다는 건… 노란색 얼음을 최대한 녹지 않게 해야만 했을 테니….

생각이 거기에 미치자 범행의 윤곽이 거의 잡히는 듯했다. 나는 노란색 얼음을 드라이아이스를 넣은 보온상자에 넣었다. **드라이아이스는 승화에 필요한 열을 많이 흡수(승화열 흡수)하기에 주변이 차가워진다**. 노란색 얼음은 드라이아이스가 다 사라지지 않는 한 조금도 녹지 않고 그 형태를 유지할 것이다. 노란색 얼음을 범행에 사용할 때까지 녹지 않게 보관하는 것이 범인에게는 매우 중요했다.

**아이작** 아이 추워!

생각에 몰두하느라 몸이 바들바들 떨리는 줄도 몰랐다. 나는 얼른 얼음 창고를 빠져나와 1층으로 올라왔다.

**오로라** 뭐 하느라 이렇게 늦게 와? 변비라도 걸린 거야?

**로잘린** 손에 든 건 뭐야?

**아이작** 우리가 찾던 비밀의 열쇠.

**오로라** 돌려서 말하지 말고 똑바로 설명해.

**아이작** 설명보다는 직접 보여줄게.

나는 드라이아이스 안에서 노란 얼음덩어리 세 개를 꺼냈다.

**아이작** 혹시 인덕션으로 가열해도 괜찮은 작은 유리잔이 있을까?

**미다스** 그런 잔이라면 몇 개 있어.

나는 미다스에게서 두꺼운 유리잔을 하나 받았다. 새로운 냄비에 물을 받은 뒤 냄비 가운데에 노란색 얼음을 넣은 유리잔을 놓았다. 인덕션을 켜자 냄비가 뜨거워졌다. 그 열이 유리잔 안으로 전달되면서 얼음이 점점 녹았다. 얼음은 액체가 되었고, 곧이어 끓어오르면서 기체로 변해갔다. 컵의 물이 다 증발하자 나는 인덕션을 껐다. 미다스가 두툼한 장갑을 끼더니 유리잔을 꺼냈다.

**오로라** 뭐야, 도대체….

**아이작** 속을 잘 살펴봐.

**오로라** 직접 설명하지, 참 귀찮게 하네.

**로잘린** …노란 가루가 있고… 어… 이게 뭐지? 하얀색 가루도 있어!

**미다스** 어, 그러네. 이게 뭐지?

그때 오로라의 눈이 번쩍였다.

**오로라** 이거 약이구나! 설마 독극물?

**아이작** 죽이려는 목적이었다면 독극물일 테고, 그게 아니면 수면제겠지. 각 에덴 기지에는 의약품을 보관하는 의료실이 있고, 거기엔 수면제도 있으니까.

**로잘린** 그럼 범인이 내부자란 말이야?

**아이작** 그렇지. 외계인도 괴생명체도 아닌….

낮은 신음과 함께 답답한 공기가 주변으로 느리게 확산했다.

**오로라** 아직은 그냥 추리일 뿐이야.

오로라도 내 추리가 타당하다는 걸 분명 알고 있었다. 그저 애써 현실을 부정하고 싶은 감정 때문에 그렇게 말했을 뿐이다. 지극히 이성적인 오로라지만 이런 상황에서는 이성이 흔들리기 마련이다.

**아이작** 맞아. 아직은 추리지. 그리고 추리가 맞는지 틀리는지는 곧 확인될 거야.

나는 드라이아이스가 든 보온상자를 들고 일어났다.

**로잘린** 넌 하나도 안 먹었잖아. 일단 먹어.

**아이작** 이게 녹으면 처음부터 다시 해야 돼. 먼저 추리가 맞는지 확인부터 하고 먹을게.

나는 유리컵 두 개를 챙기고는 식당 밖으로 나왔다. 친구들은 묵묵히 내 뒤를 따라왔다. 나는 곧장 활동관으로 향했다. 활동관 정문은 건물 옆면이 아니라 앞면에 위치했다. 안마당 쪽 벽에는 에어컨 실외기뿐 아니라 커다란 히트펌프 난방기가 설치되어 있었다.

히트펌프 난방기는 에어컨과 정확히 반대되는 원리로 작동한다. **에어**

**컨이 기화열을 흡수하여 주변을 차갑게 한다면, 히트펌프 난방기는 액화열을 방출하여 주변을 따뜻하게 하는 장치**다. 기체가 액화되려면 자신이 가진 열을 밖으로 내보내야 한다. 그래야만 입자의 운동능력이 떨어지면서 입자 사이의 거리가 가까워지고 액체가 된다. 기체가 액화되면서 방출된 열을 실내로 넣으면 실내가 따뜻해진다.

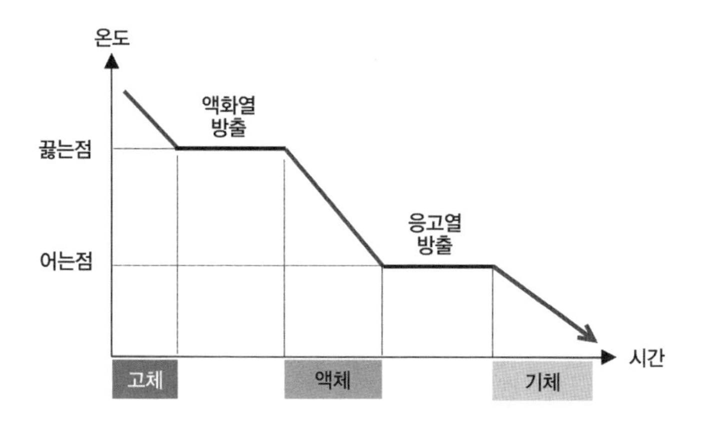


활동관 정문으로 들어간 나는 다른 곳은 쳐다보지도 않고 대회의실로 향했다. 사건이 벌어진 날, 에덴 13기지의 모든 사람이 아침에 대회의실에 모여서 회의를 했다. 식당에서 범행을 저지르지 않았다면 한꺼번에 범행을 수행하기에 적합한 장소는 대회의실이었다. 내 짐작은 정확히 맞았다. 대회의실에는 조금 전까지 회의가 열렸다고 해도 믿을 만한 흔적이 곳곳에 남아 있었다.

대회의실 안에는 책상이 둥글게 배치되어 있는데 그 책상 위에는 유리잔 30개가 놓여 있었다. 30명이 다 이곳에 모였다는 명확한 증거였다. 나는 친구들에게 부탁해 컵을 모두 한곳에 모았다. 건조하고 따뜻한 날씨 탓에 컵에는 물이 하나도 남아 있지 않았다. 대부분의 컵에는 음료수를 먹은 흔적만 희미하게 남았지만 여섯 개에는 하얀색 가루가 살짝 남아 있고, 잔 네 개에는 유난히 흰색 가루가 많이 남아 있었다.

**아이작** 흰 가루가 많이 남은 잔이 네 개야.

**오로라** 그럼, 범인은… 네 명이네.

**로잘린** 저기 봐! 아이작 네가 가져온 것과 똑같은 보온상자가 있어.

미다스가 재빨리 가서 보온상자를 가져왔다. 보온상자를 열자 드라이아이스를 보관하는 포장지가 남아 있었다. 내가 가져온 보온상자를 열고 얼음을 꺼냈다. 얼음은 드라이아이스의 승화열 흡수 덕분에 조금도 녹지 않은 상태였다. 주방에서 가져온 컵 두 개에 물을 따른 뒤에 노란색 얼음을 각각 세 개씩 넣었다. 그러고는 잔 하나를 들고 입으로 가져갔다.

**미다스** 그거 마시면 안 되잖아! 독극물이면 어쩌려고?

나는 미다스의 말은 들은 척도 않고 물을 단번에 다 마셨다. 물을 마

시고 남은 잔에는 노란 얼음 세 개가 그대로 남아 있었다. 나는 그 유리잔을 물이 남아 있는 유리잔 옆에 두었다. 물잔에 든 얼음은 점점 녹았고, 기온이 낮아지자 유리잔 표면에서 액화가 일어나며 물방울이 맺혔다.

**미다스** 그렇구나! 얼음이 녹기 전에 물을 다 마시면 안전해.

**오로라** 주변 사람들에게 전혀 의심을 안 받지. 꽤나 더운 날씨인데도 시원한 음료수를 받아놓고 끝까지 안 마시면 이상하다고 여기겠지만 재빨리 마셔버리면 그런 의심을 피할 수 있어.

**로잘린** 얼음을 그냥 가져와도 되는데 굳이 드라이아이스를 담은 통에 넣어서 가져온 것도 설명이 돼.

**아이작** 노란색 주스를 얼린 것도 의심을 피하기 위해서야. 만약에 그냥 얼음이었으면 얼음이 다 녹은 뒤에 뒤늦게 마신 사람들에게 가루가 든 것을 들킬 수도 있으니까. 노란색 음료수면 얼음이 다 녹아도 가루가 잘 눈에 띄지 않아. 잔뜩 의심을 품고 봐도 잘 안 보이는데, 일상생활 중이었으니 알아채는 사람이 나오기 힘들지.

범행 방법은 알아냈다. 범인이 네 명이란 사실도 알아냈다. 이제 중요한 것을 확인해야 했다. 과연 음료수에 든 약물은 독극물일까, 수면제일까? 어떤 약물이 들어 있는지에 따라 이 사건의 성격은 아주 달라진다.

만약에 독극물이라면 그 후폭풍은 우리가 감당하기 힘들 것이다. 수면제라면 어디로 끌고 가거나 이 근처에 감금해 두었다는 뜻이기에 우리가 해결할 수 있는 영역 안의 사건이 된다.

약물의 독성을 확인하는 방법은 어쩔 수 없이 동물을 활용해야 했다. 로잘린은 탐탁지 않아 했지만 내가 독극물보다는 수면제일 가능성이 훨씬 높다고 설득해 겨우 동의를 받아냈다.

우리는 닭장으로 갔다. 닭장에는 30여 마리의 닭이 자유로이 오가며 먹이를 쪼아 먹고 있었다. 약해 보이는 한 마리를 잡아서 약을 먹이고, 증상이 나타날 때까지 초조하게 기다렸다. 독극물이 아니라고 믿었지만 100% 확신할 수는 없었기에 긴장을 놓을 수 없었다. 나도 모르게 입을 앙다물고 있다가 입안을 부풀리며 긴장을 푸는데, 닭이 비틀거리더니 풀썩 쓰러졌다. 로잘린이 재빨리 달려가서 닭의 상태를 확인했다. 꼼꼼하게 닭을 살피던 로잘린의 표정에서 살짝 밝은 빛이 돌았다.

**로잘린** 그냥 잠들었어.

우리는 다 같이 안도의 한숨을 내쉬었다. 범인들이 쓴 약물은 수면제였다. 잠들게 한 뒤에 어디로 데려가거나 감금한 것이다. 납치된 26명은 죽지 않고 살아 있다.

이제 우리는 두 가지를 해결해야 한다. 그들은 어디 있으며, 범인들이 26명을 납치한 이유는 무엇인가? 당장은 정확한 답을 구할 수 없는 질문이었다. 성급함을 내려놓고 수면제를 찾아냈을 때처럼 차분히 문제에 접근해야겠다고 마음먹는데, 갑자기 허기가 몰려왔다. 긴장감이 누그러지면서 찾아온 반응이었다.

**아이작** 배고프다!

**미다스** 그래, 고생했어. 남은 음식 데워줄 테니까 먹어.

나와 미다스는 바로 식당으로 돌아왔고, 로잘린과 오로라는 대회의실에 들러 증거물을 정리했다. 범행과 관련한 중요한 증거이고, 우리가 파악하지 못한 실마리가 나올 수도 있으므로 보관을 잘해야 했다. 나는 미다스가 차려주는 음식을 허겁지겁 먹었다. 딱히 요리랄 것도 없이 그냥 얼린 걸 녹였을 뿐이지만 무척 맛있었다.

미다스는 먹고 남은 고깃국물을 작은 그릇에 담더니 냉동실에 넣었다. 아마 저 고깃국물은 냉동실의 차가운 냉기를 받아들여 점점 온도가 떨어질 것이다. 그러다 어느점에 도달하면 온도는 0℃ 근처에서 멈춘 채 한동안 상태변화가 일어날 것이다. 그러다 완전히 다 얼고 나면 더 아래로 온도가 내려갈 것이다.

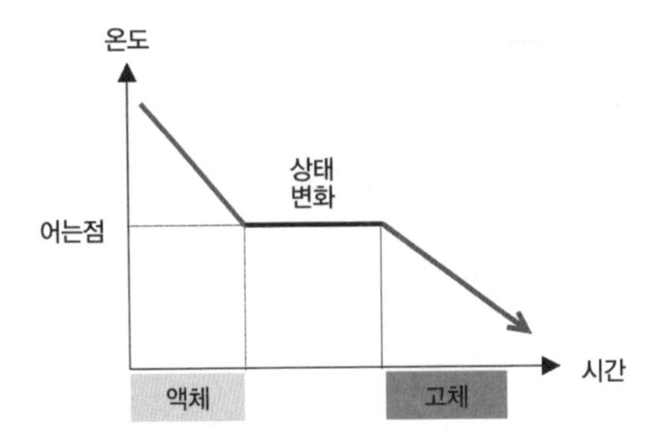


물론 그 상태를 눈으로 확인할 수는 없지만 냉동실 안에서 어떤 현상이 벌어질지는 명확하다. 이것이 과학이다. 과학은 점성술이 아니지만 미래를 예측해 낸다. 과학은 그 어떤 예언자보다 훨씬 정확하게 미래에 일어날 사건을 예측한다. 내게는 지금 그 어느 때보다 과학적 예측력이 필요하다. 냉동실에 집어넣은 액체에서 벌어지는 변화를 예측하듯이, 이 사건 앞에 놓인 미래를 예측해 내야만 한다.

내가 골똘히 생각에 잠긴 사이에 미다스는 그릇을 깨끗이 씻어서 정리했다. 미다스는 설거지를 하면서 연신 콧노래를 불렀는데, 요리하고 설거지하는 과정이 정말 재미있는 모양이었다.

사람이란 참 재능과 성향이 다르다. 나는 요리도 그리 좋아하지 않지만, 설거지는 하기 싫다. 물을 만지는 촉감은 좋지만 지저분한 음식물을 씻어내는 과정이 귀찮다. 사람은 서로 달라서 함께 사는 맛이 난다. 미다스가 나와 똑같다면 재미없을 것이다. 미다스는 미다스다운 개성이 있

고, 그래서 내 친구다.

주방 정리를 다 마치고 우리는 밖으로 나왔다. 때마침 대회의실에서 증거를 다 정리한 오로라와 로잘린도 나왔다. 그런데 이제까지와 달리 대기에서 습한 기운이 물씬 느껴졌다. 기온도 올라간 듯했다. 아무래도 비가 올 듯했다. **공기 중에 있는 수증기는 물이 되는 과정에서 액화열을 방출**한다. 수증기가 물이 되려면 열을 밖으로 내보내야 하기 때문이다. 수증기가 품고 있는 열이 기온을 높인 것이다. 곧 비가 올 것이다. 이것이 과학적 예측이다.

**아이작** 비가 올 것 같아.

**미다스** 그럼 빨리 치워야지.

**오로라** 그래, 로잘린이랑 아이작은 빨래를 걷어. 미다스 너는 고추를 식당 쪽으로 들여놓고, 나는 소금 항아리를 덮고 비 맞으면 안 되는 다른 물건들을 정리할게.

우리는 역할을 분담한 대로 재빨리 움직였다. 나와 로잘린은 빨래를 걷어 휴게실로 가져간 다음에 깔끔하게 정리했다. 미다스는 고추를 식당 구석에 평평하게 널었다. 오로라는 마지막까지 남아서 짐을 정리했다. 우리는 각자 맡은 일을 다 하고는 오로라를 도우러 나갔다. 하늘에 시커먼 먹구름이 끼더니 기지가 있는 쪽으로 밀려들었다. 짐 정리를 마무리하고 재빨리 활동관 쪽으로 뛰었다. 활동관 현관을 지나자마자 먹구름이 하늘을 뒤덮었다.

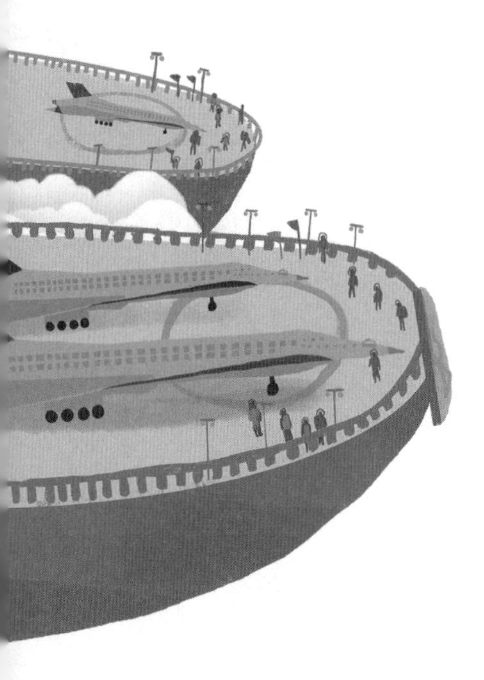

Memo

# 6

# 빛의 성질과 갈릴레이의 망원경

먹구름은 거의 모든 빛을 집어삼켰다. 곧장 비가 퍼부을 것 같은 분위기였지만 아직 비는 내리지 않았다. 먹구름은 더욱 진해졌고 곧 터질 듯한 습도로 대기는 팽팽하게 부풀었다. 태양 빛을 받아 자기 색깔을 내는 모든 사물은 태양이라는 **광원**이 사라지자 그 형태도 사라져 갔다.

**오로라** 마찰력이 없다면 비는 순식간에 세상을 파괴할 거야.

**로잘린** 그러고 보면 자연은 참 오묘해. 단 하나만 어긋나도 생명이 살 수가 없으니까.

**아이작** 맞아. 그러니 지구와 똑같은 이런 행성이 발견된 건 기적이야.

**미다스** 앞으로 더 발견될 거야.

**오로라** 발견될지 어떨지는 모르지만 1만 광년을 두고 같은 환경의 행성이 두 개가 있다면 우주에는 지구와 같은 행성이 무한히 많다는 뜻이야.

**아이작** 우주 전체에 무한히 많다고 해서 우리가 갈 수 있는 곳도 무한한 건 아니야. 잘 알지도 못하는 웜홀을 통해서 겨우 1만 광년을 건너왔을 뿐이니까.

이런 비슷한 대화는 여러 번 반복되었기에 우리는 서로의 눈을 한 번씩 보고는 입을 다물었다. 먹구름은 이제 곧 비를 토해낼 듯했다.

**로잘린** 어떤 사물이 해당 색으로 보이는 이유는 그 색깔의 파장을 흡수하지 않고 반사하기 때문이래. 광합성을 하는 엽록소는 파란색, 빨간색을 흡수해서 에너지를 만들고, 초록색은 반사해. 그러니까 잎이 초록색인 이유는 초록색이 광합성을 하는 데 쓸모가 없기 때문인 거야. 겉으로 아름답다거나 추하다고 판단하는 데 큰 영향을 끼치는 색깔이 따지고 보면 자신에게 가장 필요가 없어서 반사하는 거라니 참 오묘해.

**아이작** 겉모습은 광원[19]에서 오는 빛을 반사해서 나타나는 현상일

---

**19 광원**

태양이나 전등처럼 스스로 빛을 내는 물체. 광원이 아닌 물체는 광원의 빛을 반사해서 그 모습을 드러낸다.

뿐이고, 그마저도 가장 쓸모없는 걸 내보내서 만들어지는 건데, 인간들은 외모에 집착하며 사니….

**오로라** 이성적으로 사고할 줄 몰라서 그러는 거야. 머리가 있으면 외모 따위에 집착하는 게 얼마나 멍청한지 알 텐데.

로잘린의 말에는 안타까운 감정이 실렸지만, 오로라의 의견에는 이성이 실려 있었다. 역시 오로라는 오로라였다. 나는 어깨를 한 번 으쓱하고는 다시 시선을 먹구름으로 돌렸다.

구름이 쏟아낼 비를 기다리는데 갑자기 안마당에 조명이 켜졌다. 생태 연구실 지붕에 설치된 조명등에서 빨간빛이 먼저 켜졌고, 다음으로 생활관 지붕에서 파란빛 조명이 켜지고, 마지막으로 활동관 지붕에서 초록빛 조명에 불이 들어왔다.

**빨강, 파랑, 초록은 빛의 삼원색**이다. 삼원색이 섞이면 다양한 빛이 탄생한다. **빨강과 초록의 빛이 만나자 노란색**이, **빨강과 파랑의 빛이 만나자 자홍색이, 초록과 파랑의 빛이 만나자 청록색**이 만들어졌다. **빨강과 파랑과 초록이 모두 섞인 곳은 하얀색**이 되었다. 조명은 조금씩 움직였고, 그럴 때마다 빛의 삼원색이 만들어낸 다양한 빛이 안마당의 숨겨진 모습을 세상에 드러냈다.

조명이 만드는 색을 물끄러미 바라보는데 갑자기 하늘에서 불꽃이 일었다. 어둠을 순식간에 밝혔다가 사라진 불꽃은 바로 번개였다. 몇 초

뒤, '우르르 콰쾅쾅!' 하며 엄청난 굉음이 대지를 뒤흔들었다. 처음 들어 보는 굉음이었기에 다들 깜짝 놀라며 한두 걸음씩 뒤로 물러났다. 번개가 치고 몇 초 뒤에 천둥소리가 들리는 현상이 몇 번 반복되었다.

**미다스** 저 번개 치는 데서 천둥도 울리는 거지?

**아이작** 당연히 그렇지.

**미다스** 같은 데서 만들어지는데 번개는 바로 보이고 천둥소리는 뒤늦게 오는 게 신기하네.

다시 번개가 치고 뒤이어 천둥소리가 들렸다. 오로라가 하나, 둘, 셋, 넷 하며 숫자를 셌다. 여덟을 셌을 때 천둥이 귀를 때렸다.

**오로라** 번개가 대략 2.7㎞ 상공에서 치고 있어.

**미다스** 그걸 어떻게 알아?

**오로라** 초속 30만㎞인 빛은 바로 우리 눈에 들어오지만, **소리는 공기를 매질로 해서 약 초속 340m로 이동**[20]하거든.

---

**20 소리의 속도**

20℃의 온도의 공기 중에서 소리의 속도는 343.2m/s다. 0℃의 공기 중에서는 331m/s의 속도로 이동한다. 공기 중에서 소리의 속도는 온도가 올라갈수록 증가한다. 25℃ 물에서는 1593m/s이며, 일반적으로 고체에서 소리의 전달 속도가 기체, 액체보다 훨씬 빠르다. 이는 고체가 입자 사이의 간격이 가까워서 진동이 더 빠르게 전달되기 때문이다.

**미다스** 빛이 보이고 소리가 올 때까지 시간을 재면 번개가 친 곳까지 거리를 계산할 수 있구나! 번개가 치고 8초 뒤에 소리가 들렸으니 340m/초×8초 하면 2720m네.

우주공간은 매우 조용하다. 제1지구인들은 조용하다는 말을 소리가 거의 없다는 뜻으로 쓰겠지만 우주에서는 절대적인 고요함만이 존재한다. 그야말로 아무 소리가 들리지 않는다. 우주는 진공이기 때문에 공기를 매질로 해서 전달되는 소리가 전혀 전달되지 않기 때문이다. 물론 공기가 있는 우주선 안에서는 소리가 들리지만, 우주선 밖으로 나가면 완벽한 침묵이 찾아온다. 그러니까 영화에서 우주선이 날아다닐 때 소리가 나는 것은 모두 틀렸다. 우주선이 운행할 때는 지구의 대기와 달리 아무런 소리가 들리지 않는다. 그 점이 참 신기했다. 고요한 침묵을 맛보고 싶을 때면 나는 에이다를 졸라서 우주선 밖으로 종종 나갔다.

**물체의 운동이 일정한 범위에서 한 점을 중심으로 반복되는 현상이 진동**이라면, **파동은 한곳에서 만들어진 진동이 주위로 퍼져나가는 현상**이다. 물결파, 소리, 지진파와 같은 파동은 물, 공기, 땅과 같은 매질을 타고 전달되는데, 전파나 빛은 매질 없이 퍼져나간다. 만약 전파와 빛이 매질을 통해서 전달된다면 우주에는 아무런 빛이 없을 것이고, 그 어떤 통신도 불가능할 것이다. 다행히 전파나 빛은 아무런 매질이 없어도 이동하기에, 우주에서 별빛이 보이고 아주 먼 데서도 통신이 가능하다. **파동이 퍼져나**

**갈 때 매질은 제자리에서 진동만 하고 파동을 따라 이동하지 않으며, 파동에 담긴 에너지만 이동**한다. 축구장이나 야구장 같은 관중석에서 관중들이 파도타기를 할 때, 사람은 옆으로 이동하지 않지만 물결은 계속 이동하는 것을 떠올리면 된다.

파동에는 횡파와 종파가 있다. **횡파는 파동의 진행 방향과 매질의 진동 방향이 수직인 파동으로 물결파, 지진파의 S파, 전자기파, 빛** 등이 있다. 매질을 통해 전달되는 지진파의 S파는 액체나 기체를 통과하지 못한다. 왜냐하면 S파는 진행 방향과 수직으로 진동하는데 기체나 액체는 복원력이 없기 때문이다. 고체는 수직 방향으로 힘을 주다가 멈추면 원래 자리로 돌아오려는 성질이 있다. 그 복원력 때문에 파동이 전달된다. 그러나 액체나 기체는 형태를 변형하면 원래 모양으로 돌아오려는 성질이 전혀 없다. 그래서 **지진파의 S파는 액체나 기체에서 전달되지 않는데, 바로 이러한 S파의 특성을 이용해 지구의 내부 구조를 파악**한다.

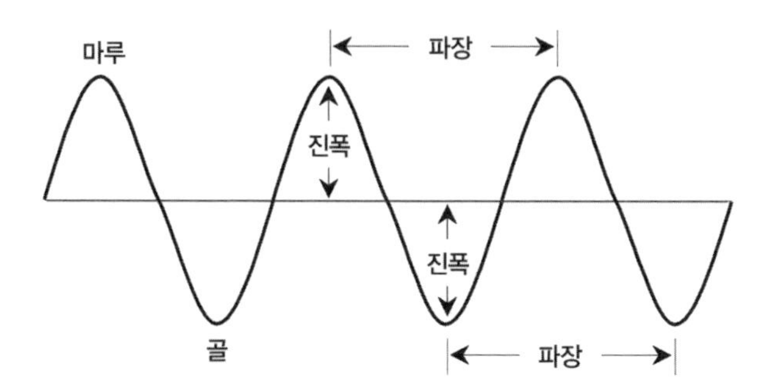

우주에서 지내는 시간은 무척 심심하다. 공간이 비좁으니 할 수 있는 게 얼마 없다. 그 심심함을 지우려고 다들 메타버스에 접속해서 시간을 보냈다. 나는 메타버스에 접속하는 걸 그리 즐기지 않았다. 감각을 가짜로 만들어내는 기기에 속는 기분이기 때문이다.

나는 가짜 신호가 아니라 진짜 신호를 찾으며 많은 시간을 보냈다. 지구에서는 엄청나게 많은 전파가 만들어지고, 그 전파는 우주공간으로 끝없이 전달된다. 그 전파를 잡아서 정보를 확인하면 무척 재미있는데, 전파를 잡을 때는 반드시 진동수가 맞아야 한다.

**매질의 한 점이 한 번 진동하는 데 걸리는 시간(단위 : 초)이 주기**이고, **매질의 한 점이 1초 동안 진동한 횟수(단위 : Hz. 헤르츠)가 진동수**다.[21] 모든 전파는 고유의 진동수가 있기에, 그 진동수를 정확히 찾아내면 전파를 수신할 수 있다. 지구에서 쏟아지는 전파를 수집하면서 나는 지구인들이 어떤 생각을 하고, 어떤 정보를 나누는지를 다양하게 알게 되었다. 에이다는 내가 하는 행위 중에는 '해킹'도 포함되어 있다면서 되도록 하지 말라고 했지만, 어차피 나는 제1지구의 인간들과 어떤 교류도 할 수 없기에

---

**21 주기와 진동수**

주기는 한 번 진동하는 데 걸리는 시간이고, 진동수는 1초 동안 진동한 횟수이다. 따라서 진동수와 주기는 역수관계가 성립한다.

· 1회 진동하는 데 걸리는 시간×1초 동안 진동한 횟수 = 1 (주기×진동수 = 1)

$$주기 = \frac{1}{진동수}$$

괜찮다고 생각했다.

횡파와 달리 **종파는 파동의 진행 방향과 매질의 진동 방향이 나란한 파동을 말하며 소리, 초음파, 지진파의 P파**가 이에 해당한다. 종파는 압축되었다가 팽창하는 원리로 이동하기 때문에 기체나 액체에서도 전달이 잘 된다. 우리가 흔히 듣는 소리는 종파다.

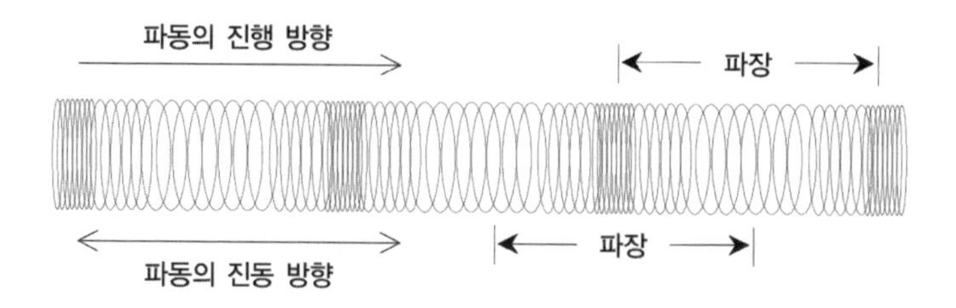


우주는 진공이고 압축되었다가 팽창할 그 어떤 매질도 없다. 텅 빈 우주에는 소리가 없다. 에이다는 가끔 우주의 소리라면서 별이 만들어지거나 폭발하는 소리를 들려주기도 했는데, 그것은 소리와는 전혀 다른 파동을 소리처럼 변형한 것일 뿐 진짜 소리가 아니었다.

습해질 대로 습해진 대기가 답답하다고 느껴질 즈음 거대한 번개를 신호로 굵은 빗방울이 하늘에서 대지로 떨어졌다. 빗방울은 땅에 떨어지면 온갖 생명과 사물에 부딪혔다. 조명이 없는 곳은 아무런 빛도 없이 그저 소리만 들렸다. 미다스는 조명을 받으며 떨어지는 빗방울을 물끄러미 바라보았고, 나를 비롯한 나머지는 어둠에서 들려오는 소리에 집중했다.

공기가 떨리며 전달되는 갖가지 소리가 청각을 자극했다. 빗방울이 나뭇잎에 부딪히는 소리, 운동장에 떨어지는 소리, 지붕에 떨어지는 소리, 풀 위에 떨어지는 소리, 연못에 떨어지는 소리가 다 달랐다.

빗소리를 들으며 나는 살아 있음을 느꼈다. 제1지구에 살았다면 느껴 보지 못했을 생생한 경험이었다. 거의 모든 제1지구인은 어린 시절에 비를 처음 만났을 테고, 그 처음은 기억에서 사라지고 없을 것이다. 그러나 나는 지금 이 순간을 기억할 것이다. 인간으로 태어나서 처음으로 경험하는 비는 더할 나위 없이 신비로웠다.

실종사건 수사가 급했지만 우리는 이 신선한 감정을 깊이 간직하고 싶었다. 단 한 번뿐인 처음을 깊이 느끼고 싶었다. 시각이 완전히 차단된 채 소리로만 들으며 경험하는 비는 경이감을 키웠다. 처음에는 굵기만 한 빗방울이 점점 다양하게 변신했고, 그에 따라 어둠을 울리는 소리가 풍부하게 변주되었다. 비가 음악을 연주하는 것 같았다.

작은 물방울은 작은 소리를 내고 큰 물방울은 큰 소리를 냈다. **작은 소리는 진폭이 작고, 큰 소리는 진폭이 크다**. 진폭에 따라 소리의 크기가 달라지는 것이다. 북을 약하게 치면 진폭이 작아서 조용한 소리가 나고, 북을 세게 치면 진폭이 커져서 큰 소리가 난다. 로잘린은 언제나 조용하게 말한다. 그 반면에 오로라는 틈만 나면 큰 소리로 말한다. 원래부터 목소리가 큰 건 아니고 소리를 크게 내면 자기 의견이 더 타당하게 받아들여질 것으로 여기고 그러는 것 같다.

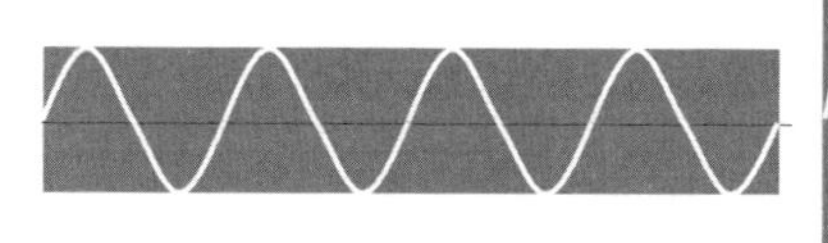

▲진폭이 낮으니 작은 소리

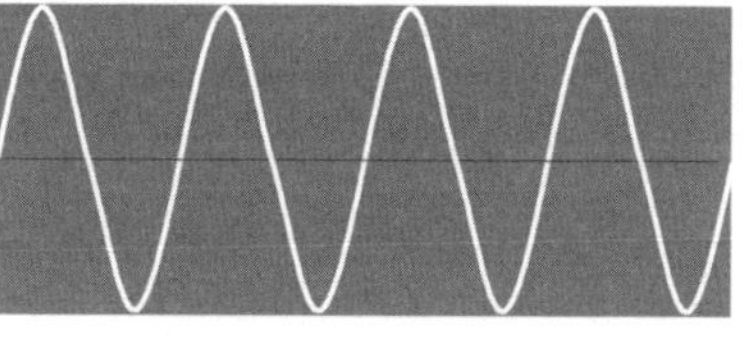

▲진폭이 높으니 큰 소리

지붕에서는 낮은 소리(저음)와 높은 소리(고음)가 교차하며 울렸다. 지붕을 덮은 자재의 특성이 다른 탓이었다. 낮은 소리와 높은 소리를 들으니 메타버스에서 악기를 배울 때가 생각났다. 나는 기타를 배웠는데 기타는 줄(현)의 진동수를 이용해 음의 높낮이를 만들어내고, 이를 이용해 연주하는 악기다. 손가락을 짚을 때마다 음이 달라지는 원리가 무척이나 신기했다.

**소리는 진동수에 따라 높낮이가 달라진다. 저음은 진동수가 작고, 고음은 진동수가 크다**. 그 특성을 이용해 현을 조절함으로써 조화로운 음을 만들어내는 것이 바로 기타다. 기타를 배운 뒤에는 현의 특성에 매료되어 피아노도 배웠는데, 피아노는 재능이 부족해서 금방 그만두었다. 오로라는 악기에는 아예 관심이 없었고, 로잘린은 연주보다는 노래를 좋아했으며, 미다스는 현악기보다는 타악기를 좋아했다.

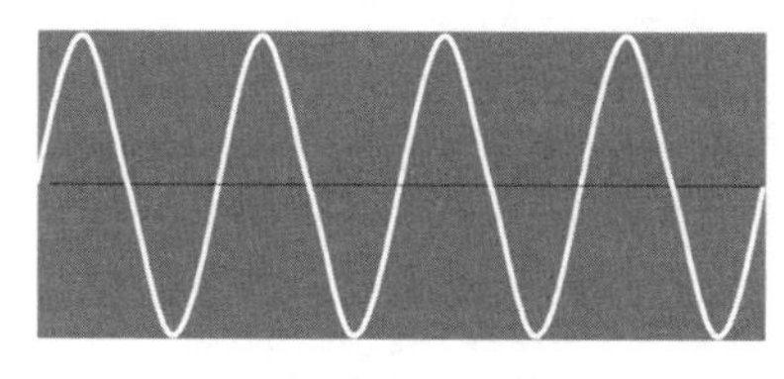

▲진동수가 적어서 저음

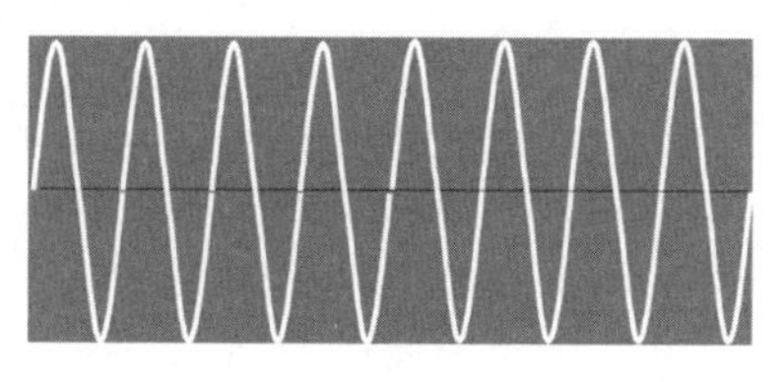

▲진동수가 많아서 고음

감흥에 젖은 로잘린이 흥얼거리며 작은 목소리로 노래를 불렀다. 가만히 노래를 듣던 미다스가 노래에 맞춰 손으로 벽을 두드리며 박자를 맞췄다. 황홀한 빗소리에 로잘린의 노래와 미다스의 두드림이 겹쳤다. 가만히 듣고만 있던 오로라가 흥얼거리며 노래를 따라 불렀다. 오로라가 노래를 부르다니 정말 뜻밖이었다.

로잘린과 오로라의 음색은 무척 달랐다. 로잘린의 음색이 향기를 맡고 꽃을 향해 날아가는 나비의 날갯짓을 닮았다면, 오로라의 음색은 한여름의 무성한 숲을 휘감아 도는 바람을 닮았다. 목소리에도 성격이 묻어났다. **음색은 '파동의 형태(파형)'에 따라 달라진다.** 사람마다 음색이 다르고, 악기마다 고유한 소리가 있는 것도 파형이 다르기 때문이다.

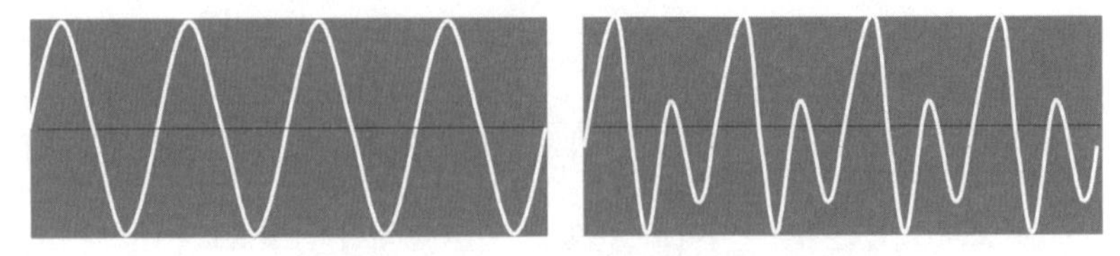

▲두 파동의 형태(파형)가 다르므로 음색도 다르다.

얇은 방울과 굵은 방울이 교차하며 떨어지던 빗방울은 시간이 갈수록 점점 얇아지더니 어느 순간 뚝 그쳤다. 그러고는 언제 그랬냐는 듯이 햇살이 구름의 틈새를 비집고 나타났다. 빛이 구름을 뚫고 대지로 향하는 모습이 선명하게 보였다. 빛을 막아선 구름의 그림자가 대지에 맺혔다.

나는 우주전쟁을 다루는 영화를 무척 좋아했다. 그중에서도 레이저

를 쏘며 전투하는 장면을 보면 신이 난다. 내가 지내는 우주선에서 레이저를 시험한다고 했을 때 영화를 떠올리며 무척 기대했다. 그러나 시험하는 모습을 직접 보고는 무척 실망했다. 아무것도 보이지 않았기 때문이다. 영화처럼 빛이 '슈웅' 하고 날아가는 모습을 기대했는데, 그야말로 아무것도 안 보였기 때문이다.

우리 눈은 빛이 들어와야만 인식한다. 빛은 늘 직진하기에 내가 보는 빛은 내 눈을 향해 직선으로 들어오는 빛이다. 구름 사이로 빛이 나아가는 모습이 보이는 것은 공기에 부딪혀 산란하기 때문이다. 지표면에서 레이저 쇼를 하면 공기에 부딪혀 산란한 빛이 우리 눈에 들어온다. 그러나 우주에서는 빛을 산란하게 하는 기체가 전혀 없다. 그러니 내 눈에 아무것도 보이지 않았던 것이다. 그러니까 우주전쟁 영화를 만든 제작자가 관객들의 눈을 즐겁게 하려고 우주공간에서는 안 보이는 레이저를 보이게 해준 것이다.

구름이 사라지고 다시 햇빛이 하늘과 대지를 채웠다. 형형색색의 사물들은 다시 그 빛깔을 드러내며 자신을 자랑했다. 안마당을 밝히는 조명도 꺼졌다. 우리는 서서히 처음 맞는 비로 인한 감성에서 서서히 벗어났다.

**아이작** 자, 다시 사건에 집중하자.

**오로라** 일단 지금까지 조사한 결과를 에이다에게 알려야 하지 않겠어?

**아이작** 지금 시간이….

**로잘린** 에이다와 통신이 가능해.

나는 가방에서 통신기를 꺼냈다. 그 통신기는 주변에 통신시설이 없어도 에이다와 통화할 수 있었다. 통신기에서 직접 에이다에게 전파를 쏘기 때문이다. 평상시에 아무렇지 않게 사용해서 익숙하지만, 파동을 이용해 정보를 전달하는 것은 참 신기한 일이다. 나는 통신기기를 켜고 호출 단추를 눌렀다. 통신기에서 전파가 송출되어 우주공간에 있는 에이다에게 날아갔다. 곧바로 에이다에게서 반응이 왔다.

**아이작** 에이다, 안녕!

**에이다** 무사하니 다행입니다.

**아이작** 무사하긴 한데 상황은 그리 좋지 않아.

**에이다** 예상치 못한 위협이 닥쳤습니까?

**아이작** 그건 아니야. 우린 안전해. 다만 사건이 심상치 않아.

**오로라** 조사를 했는데 내부자 소행이야. 그것도 네 명이 공모했어.

**에이다** 심각하군요.

나는 우리가 조사해서 알아낸 결과를 자세히 설명했다.

**에이다** 그런 수법을 썼다면 당분간은 목숨이 위험하진 않겠군요.

**아이작** 나도 그렇게 생각해. 그런데 범행의 동기를 전혀 모르겠어. 도대체 왜 이런 짓을 벌인 건지.

**에이다** 저도 그동안의 자료들을 검토해서 범행동기를 알아보겠습니다. 일단은 실종된 단원들의 행방을 찾는 게 우선입니다.

**아이작** 알았어. 더 조사해 볼게.

**에이다** 다시 말씀드리지만 조사만 하십시오. 위험은 피해야 합니다.

**오로라** 내가 옆에서 말릴 테니까 걱정하지 마.

우리는 통신을 끝내고 활동관 안으로 들어갔다.

**오로라** 이제 여기 활동관을 조사해야겠지?

**로잘린** 뭘 조사해야 할까?

**아이작** 그건 모르지. 뭐가 되었든 사건을 해결할 실마리를 찾아내야 해.

**로잘린** 대회의실을 조사했지만 사건을 풀 단서는 찾지 못했어.

**오로라** 범죄가 이곳에서 벌어졌으니 뭔지 모르지만 어떤 흔적이 남아 있을 거야.

**아이작** 건물이 넓으니 2인 1조로 나눠서 조사하자. 뭘 발견하면 신호 보내고.

오로라는 날 흘깃 보더니 미다스의 어깨를 툭 쳤다. 오로라는 대회의실이 있는 쪽으로 갔다. 나와 로잘린은 자연스럽게 반대 방향으로 갔다.

**아이작** 잠깐 나 화장실 좀 다녀올게.

**로잘린** 안 그래도 나도 그러려고 했어.

화장실은 제1지구에서 흔히 보던 구조와 동일했다. 볼일을 보고 세면대에서 손을 씻었다. 관자놀이 옆에 뭐가 묻은 것 같아서 얼굴을 틀고 거울에 비춰보는데, 이상한 글씨가 눈에 들어왔다. 처음에는 글씨가 거울에 씌어 있는 줄 알았다. 그러나 시선의 방향을 살짝 트니 글씨가 보이지 않았다. 그 글씨는 거울에 있는 게 아니라 비친 것이었다.

**아이작** 로마자 7(Ⅶ)은 화장실에 있을 법한 글씨가 아닌데….

뭔지 모르지만 이상하다는 직감이 들었다. 나는 그 글씨가 적힌 곳을 찾기 위해 글씨가 비치는 각도를 확인했다. **빛이 거울에 입사하는 각도(입사각)는 반사되는 각도(반사각)와 동일**하다.

빛은 늘 직진하므로 사람의 눈은 반사되어서 나오는 곳에 맺힌 상을 보고 그곳에 실물이 있다고 '착각'한다. 그러나 **거울이나 렌즈에 의해 만들어지는 물체의 모습인 '상(image)'**은 실물이 아니라 허상이다. 인간이

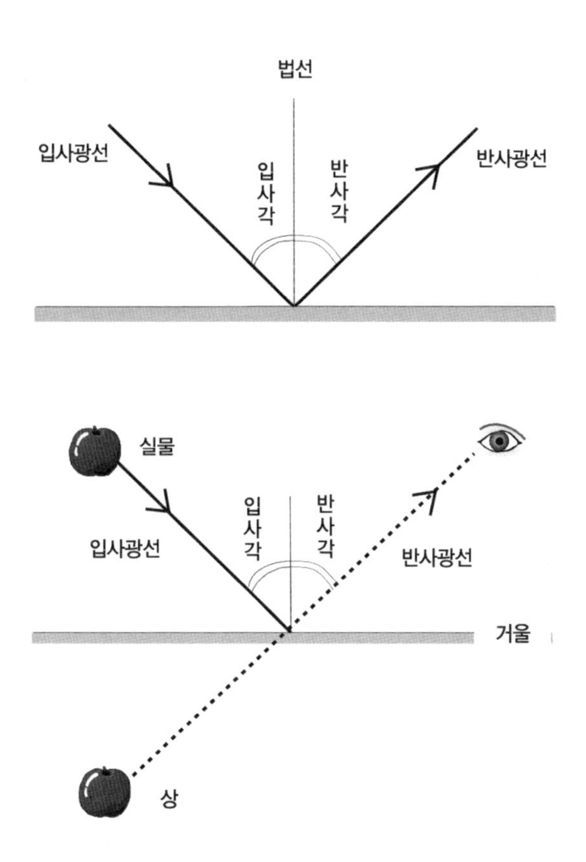


그곳에 있다고 착각하는 것일 뿐이다.

직진하는 빛의 성질로 인해 눈이 착각하는 대표적인 현상이 바로 신기루다. 신기루는 빛의 굴절 때문에 일어난다. 따뜻한 공기와 차가운 공기는 서로 밀도가 다르고, 밀도가 다른 두 공기의 경계면에서 빛이 굴절된다. 사람은 굴절된 빛을 보고 그 방향에 사물이 있다고 인식하게 되는데, 그것이 신기루다.

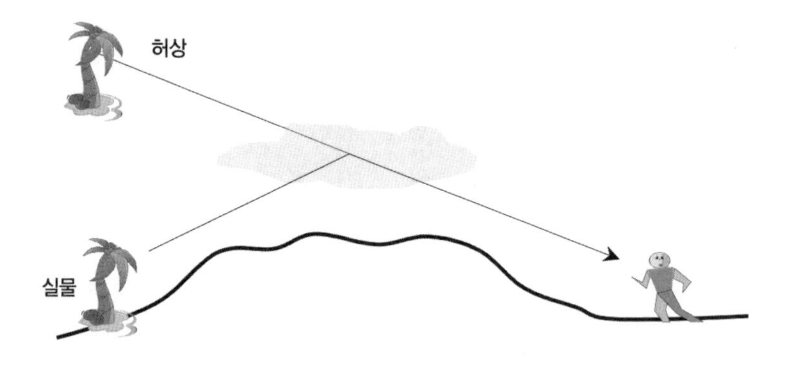


우주에서도 이와 비슷한 현상이 벌어지는데 바로 중력렌즈다. 빛은 강한 중력이 있는 항성 주변을 지나면 중력의 영향을 받아서 휘어지는데, 그로 인해 그 빛을 관측한 사람은 빛이 전혀 다른 방향에서 온다고 착각하게 된다. 빛의 방향이 바뀌는 원인은 다르지만 그 현상에 숨은 원리는 중력렌즈와 신기루가 동일하다.

나는 거울에 맺힌 상을 바탕으로 실물이 있는 곳을 계산하고 찾아냈다. 로마자 Ⅶ이 새겨진 주변을 조사하다가 구석진 곳에서 약물을 이용해 쓴 글씨를 찾아냈다. 엄청 흐려지고 작은 글씨였기에 태블릿으로 촬영하고 그 형태를 복원해서야 겨우 그 내용을 알아볼 수 있었다.

**아이작** 9시, 대회의실!

그건 범행이 이루어진 시간과 장소였다. 범인들은 로마자 Ⅶ을 자신들

의 표식으로 삼고 아날로그 방식으로 의견을 주고받았다. 만약 그렇다면 다른 곳에도 범인들이 주고받은 흔적이 남아 있지 않을까? 나는 화장실을 샅샅이 뒤졌다. 그러나 또 다른 표식은 없었다. 밖에서 로잘린이 부르는 소리가 들렸다. 나는 로잘린에게 태블릿으로 찍은 사진을 보여주었다.

**로잘린** 이거 혹시 범인들이…?

**아이작** 아마도.

**로잘린** 로마자 VII이 표식인가 보네. 왜 7이란 숫자를 상징으로 썼을까?

**아이작** 그건 모르지만 이 표식을 찾으면 범인들의 흔적을 찾아낼 수 있을 거야.

나와 로잘린은 건물 곳곳을 꼼꼼하게 조사했다. 그러다 꺾어진 복도에 설치된 볼록거울에서 또다시 VII 표식을 발견했다.

볼록거울은 일반 거울과는 반사되는 형태가 다르다. **볼록거울에 나란하게 빛이 입사하면 마치 거울 뒤의 한 점(가상의 초점)에서 빛이 나온 것처럼 반사된다**. 넓게 퍼진 사물들의 빛이 볼록거울로 입사하면 빛은 나란하게 반사된다. 이로 인해 훨씬 넓은 지역을 볼 수 있게 된다. 굽은 도로에 볼록거울을 설치해 두면 볼록거울이 넓은 공간의 빛을 반사하기 때문에 그냥은 보이지 않는 도로까지 보이게 된다. 자동차의 측면에 설치된 볼록거

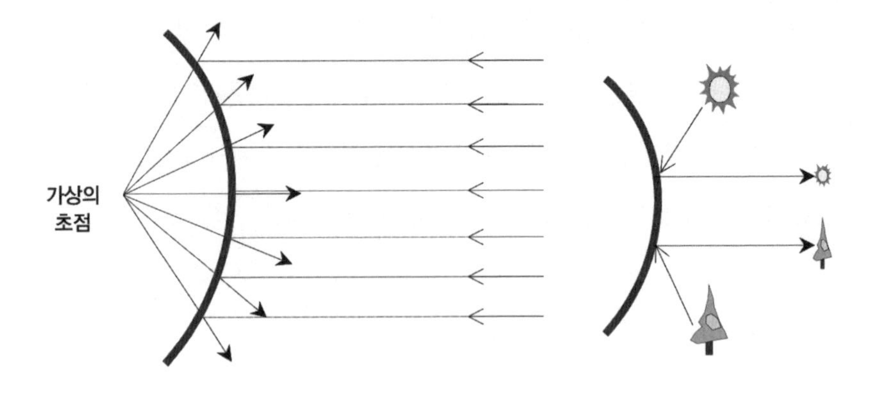


울도 자동차 뒤쪽의 넓은 범위를 볼 수 있게 해준다.

볼록거울에 비친 Ⅶ 표식이 새겨진 곳을 찾으려면 이러한 볼록거울의 특성을 고려해야 한다. 볼록거울에 비치는 각도를 계산해서 Ⅶ 표식을 찾아냈다.

**아이작** 이 표식 근처에 약물을 이용해 글씨를 써두었을 거야.

**로잘린** 혹시 이거 말이니?

로잘린이 가리킨 벽면에 화장실과 같은 흔적이 남아 있었다. 이번에도 희미해서 글씨가 잘 안 보였다. 태블릿으로 사진을 찍은 뒤 보정하여 윤곽을 잡아냈다.

**로잘린** 태양 발전기. 신호!

**아이작** 여기 태양 발전기가 어딨지?

**로잘린** 암석지대 위에 있어. 거기엔 에이다가 작동하는 컴퓨터 시설도 있는데.

나와 로잘린은 재빨리 암석지대로 향했다. 활동관 옆문을 열자 곧바로 암석지대로 올라가는 계단이 보였다. 계단과 더불어 다양한 전선과 관도 암석지대 위로 뻗어 있었다. 계단은 무척 높았지만 암석지대는 운동장처럼 평평했다. 단단한 돌로 이루어진 곳이라 어떤 일이 벌어져도 안전해 보였다.

오른쪽에는 단단한 돌로 지은 작은 건물이 있는데, 에이다가 작동하는 컴퓨터 장비를 보관하는 곳이었고, 왼쪽에는 넓은 지대에 태양광 설비가 있었다. 태양광 설비는 두 종류인데 하나는 태양 빛을 받아서 전기를 생산하는 태양광발전기였고, 다른 하나는 태양열을 오목한 거울로 모아서 열을 얻는 설비였다. 태양광발전기는 단순한 형태였지만 오목거울은 조금 형태가 복잡했고 조사하기가 까다로워 보였다.

**아이작** 넌 태양광발전기 쪽을 찾아봐. 나는 저 태양열 설비 쪽을 찾아볼게.

태양열 설비는 오목거울의 특성을 이용해 열을 얻는 장치였다. **나란하**

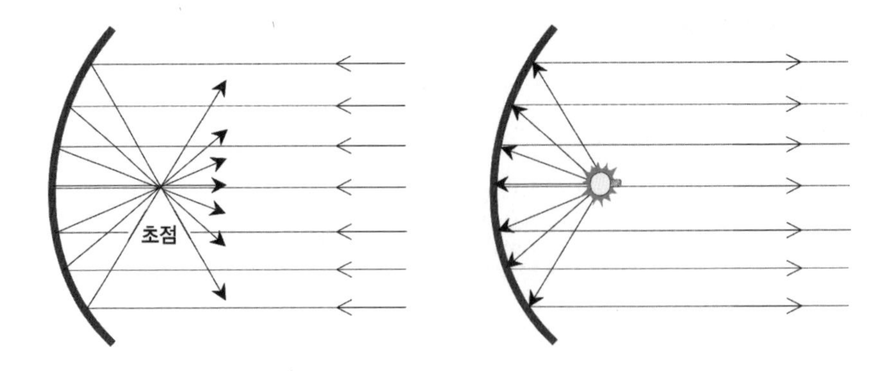


**게 입사한 빛이 오목거울에 반사되면 한 점(초점)에서 모인다**. 태양 빛을 한 점에 모으면 에너지가 집중되어 물체가 뜨겁게 가열된다. 오목거울의 초점이 있는 곳에 검은 관이 지나고 있었다. 오목거울의 이러한 특성을 이용한 또 다른 장치가 태양열 조리기다. 태양 빛의 초점이 모이는 곳에 가열할 음식을 두면 불과 전기를 쓰지 않고도 요리를 할 수 있다.

태양열 설비를 조사하다가 광원이 설치된 오목거울을 발견했다. 오목거울은 열을 모으는 데만 쓰는 게 아니라 빛을 멀리 보내는 데에도 사용된다. **한 점에서 나온 빛이 오목거울에 반사되면 빛은 한 방향으로 나란하게 나아간다**. 오목거울의 이러한 특성을 이용한 것이 등대의 반사경이다. 하나의 광원에서 나온 불빛을 오목거울에 반사시키면 나란하게 멀리까지 가기 때문에 등대에서 사용하기에 적합하다.

다른 태양열 설비는 태양 빛을 따라서 자동으로 움직이는 장치였는데, 광원이 설치된 오목거울은 수동으로 작동하게 되어 있었다. 등대에서


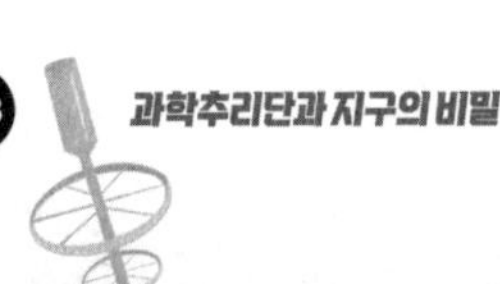

나 쓰는 장치가 이곳에 있는 이유는 농장에 나가서 일하는 단원들에게 수동으로 신호를 보내거나, 기지 밖으로 멀리 나갔을 때 기지의 위치를 알려주기 위한 용도일 것이다. 그 목적에 맞게 오목거울 신호기는 암석지대의 가장 높은 곳에 있었다.

**아이작** 방향이… 이상하네. 이게 그냥 우연일까?

에덴 13기지가 자리 잡은 곳은 넓은 평야지대였다. 농장 뒤로도 엄청나게 넓은 평야가 펼쳐져 있었다. 기지가 있는 곳은 약간 높은 구릉지대였고, 산은 얼마 없었다. 우리가 착륙했던 산은 꽤 높지만 다른 산은 별로 높지 않았다.

**아이작** 이 오목거울의 방향이 초원지대가 아니라 저 야산 쪽을 향하는 게 그냥 우연일까? 아니면 어떤 의도로….

나는 오목거울 앞에 서서 야산을 보았다.

**아이작** 저 야산으로 납치한 걸까? 그게 아니면 어떤 신호를 주고받은 걸까?

나는 몸을 돌려 오목거울을 봤다. 오목거울에 맺힌 상이 거꾸로 보였다. **오목거울에 물체를 비추면 가까울 때는 상이 바르게 맺히지만, 물체를 멀리서 비추면 거꾸로 된 상이 맺힌다.**

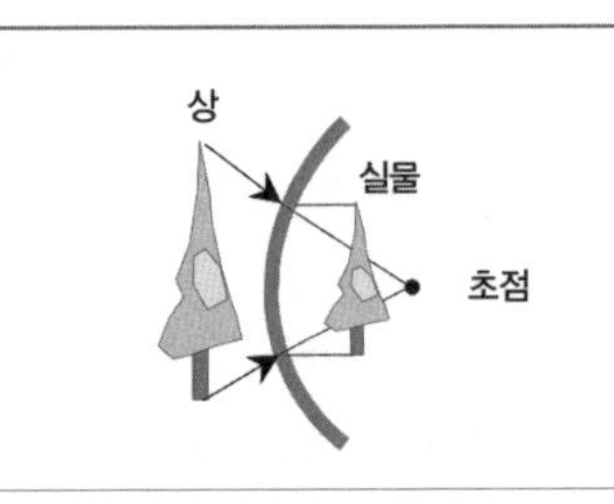


오목거울과 초점 사이에 물체가 있을 때는 상이 실물보다 크고, 바른 형태로 맺힌다.

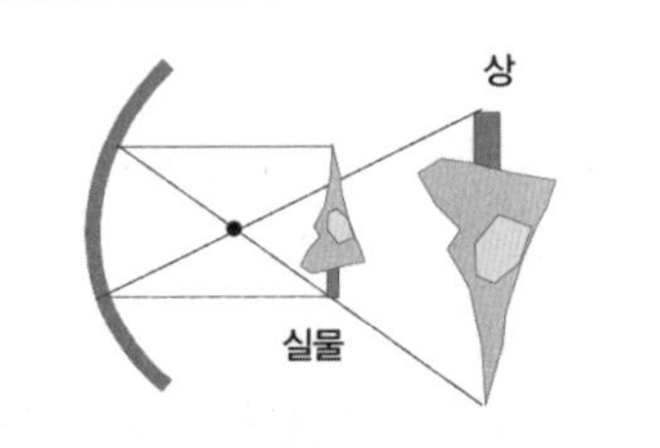


오목거울에서 물체를 멀리하면 실물보다 크고, 거꾸로 된 상이 맺힌다. 물체를 아주 멀리하면 상이 점점 작아진다.

나는 몸을 앞뒤로 흔들면서 오목거울에 맺힌 상을 바라보며 생각에 잠겼다. 만약 이걸로 신호를 주고받았다면 확인이 필요했다. 불을 켜면 이 불빛이 저 야산으로 향할 것이다. 내 고민은 그 신호를 보내도 되는지 아닌지의 여부였다. 여기서 보내면 그들이 알아챌 수도 있기 때문이다. 범인을 잡으려면 자신들이 추적당하고 있다는 사실을 모르게 해야 한다. 그러나 정확히 어디로 향하는지 알지 못하면 그들을 추적하지 못한다.

**아이작** 그래, 확인해 보자. 어차피 대놓고 범행을 저질렀는데 추적하지 않는 게 도리어 이상하니까.

나는 오목거울의 초점에 설치된 광원을 켰다. 밝은 빛이 오목거울을 비추자 빛이 일직선으로 뻗어나갔다. 빛이 닿는 곳으로 시선을 옮겼다. 그곳에서 뭔가 반짝였지만 눈으로는 정확히 확인할 수 없었다. 그게 뭔지 확인하려면 망원경이 필요했다.

우주선에서 생활할 때 내가 가장 많이 본 풍경은 별이었다. 제1지구인들이 쓴 글에는 별이 반짝인다는 표현이 많은데, 우리는 반짝이는 별을 본 적이 없다. 별이 반짝이는 이유는 대기 때문인데, 우주에는 공기가 없으므로 반짝거리지 않는다. 우리는 우주에서 지내며 지상에서 사는 사람과는 비교할 수 없을 만큼 별을 많이 보았지만, 자세히 보려면 망원경을 써야 했다. 망원경은 우리가 세상을 보는 중요한 눈의 하나였다.

**나란한 빛이 볼록렌즈에 입사하면 빛은 볼록렌즈에서 안쪽으로 굴절해서 한 점(초점)에 모인다**. 빛을 한 점으로 모으는 볼록렌즈의 성질을 이용하면 나무나 종이를 태울 수 있다. **가까운 물체가 안 보이는 원시를 위한 안경알, 작은 물체를 크게 확대하여 보여주는 현미경에 볼록렌즈를 사용**한

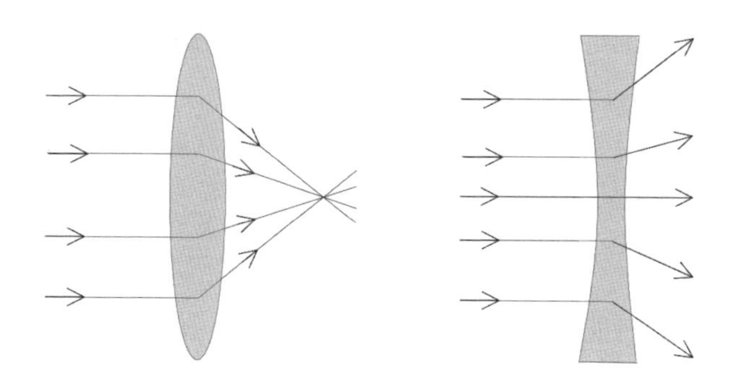

다. 물체를 볼록렌즈 가까이에 두면 물체보다 크고 바른 상이 생기고, 볼록렌즈에서 물체를 멀리하면 물체보다 크고 거꾸로 선 상이 생기며, 볼록렌즈에서 물체를 아주 멀리하면 물체보다 작고 거꾸로 선 상이 생긴다.

**나란한 빛이 오목렌즈에 입사하면 빛은 오목렌즈 뒤의 한 점에서 나온 것처럼 굴절**된다. 이러한 **오목렌즈의 특성을 활용한 것이 자동차 안개등, 멀리 있는 물체가 안 보이는 근시를 위한 안경, 빛이 퍼져나가게 하는 확산형 LED** 등이다. 오목렌즈에서는 항상 물체보다 작고 바로 선 상이 생기며, 물체가 렌즈에서 멀어질수록 상의 크기가 점점 작아진다.

망원경은 렌즈의 이런 성질을 적절하게 활용한 도구다.

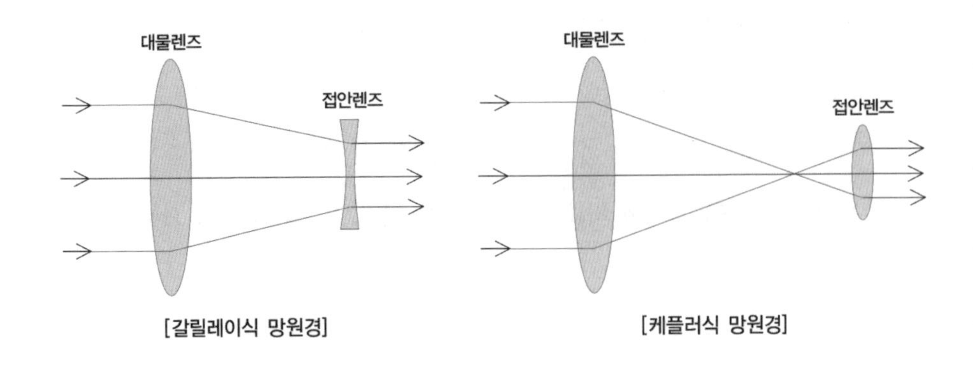


망원경을 최초로 발명한 사람은 네덜란드의 안경 직공인 한스 리퍼세이다. 그 망원경을 개량하여 천체를 관측할 수 있는 망원경을 만든 사람이 **갈릴레오 갈릴레이**다. 갈릴레이는 자신이 개량한 망원경으로 목성을

관찰했고, 거기서 목성 주위를 도는 위성을 발견했다. 위성이 목성 주위를 돈다면, 지구도 태양 주위를 도는 게 자연스러웠다. 그래서 갈릴레이는 지구가 태양 주위를 돈다는 지동설이 맞다는 결론을 내렸다.

그런데 볼록렌즈와 오목렌즈를 이용하는 방식의 갈릴레이식 망원경은 천체 관측에는 적합하지 않은 몇 가지 단점이 있었다. 이를 개량한 것이 케플러식 망원경으로, 갈릴레이식 망원경과 달리 두 개의 볼록렌즈를 이용한다.

내가 오목거울을 살피고 있을 때 로잘린이 다가왔다.

**로잘린** 뭘 좀 찾아냈어?

**아이작** 아무래도 이 오목거울 광원을 활용해 신호를 주고받은 것 같아.

**로잘린** 어, 저기 산에 뭐가 번쩍거리네?

**아이작** 맞아. 저게 뭔지 알려면 망원경이 필요한데….

**로잘린** 망원경이라면 나한테 있어.

로잘린은 허리춤에 찬 작은 가방을 열더니 조그만 망원경을 꺼냈다. 손바닥만 한 망원경이었지만 지금 이 시점에서는 그보다 반가울 수 없었다. 나는 로잘린에게 망원경을 받아서 야산에서 빛을 받아 번쩍거리는 곳을 살폈다. 멀어서 크기는 가늠할 수 없지만 번쩍거리는 것은 거울이었다. 거울은 빛을 다른 방향으로 보내도록 각도가 맞춰져 있었다. 그 말은 저기에는 납치된 단원들이 없다는 뜻이다. 저 거울의 빛이 향하는 쪽에 납치된 단원들이 있을 가능성이 높았다. 나는 로잘린에게 망원경을 건넸다.

**로잘린** 거울이 살짝 꺾여 있어. 여기서 보낸 빛을 다른 방향으로 보내는 것 같은데…. 그럼 혹시 저 빛이 향하는 쪽에 범인들이….

**아이작** 아마 그럴 거야.

나는 거울 빛이 반사되어 나아가는 쪽을 살피기 위해 망원경을 다시 건네받았다. 망원경을 서서히 돌리며 어림으로 방향을 추적하는데 갑자기 땅에서 진동이 느껴졌다.

**로잘린** 지진이야?

**아이작** 모든 에덴 기지는 지진대에서 멀리 벗어난 곳에 자리 잡고 있어.

**로잘린** 그럼 이 흔들림은 뭔데?

조금 뒤에 또다시 강한 진동이 느껴졌다. 무전기가 켜지며 오로라가 다급하게 나와 로잘린을 찾았다.

**오로라** 둘이 어딨어?

**로잘린** 여기 암석지대 위야.

**오로라** 너희도 진동 느꼈지?

**로잘린** 지진일까?

**오로라** 지진 아니야.

**로잘린** 그걸 어떻게 알아?

**오로라** 나와 미다스가 때마침 지진계가 설치된 방에 와 있었어. 그런데 지진계가 신호를 분석한 결과를 보여줬는데….

오로라는 뒷말을 잇지 않고 뜸을 들였다.

**아이작** 뭔데? 왜 말을 안 해?

**오로라** 그게, 에덴 16기지가 위치한 곳이야.

**아이작** 거기서 지진이 난 거야?

**오로라** 아니, 폭발이야. 강력한 폭발!

**아이작** 거기서 이렇게 땅이 흔들릴 정도로 폭발이 일어났다고?

**오로라** 분석기기가 보내온 정보는 틀림없어.

머리가 혼란스러웠다. 에덴 기지는 여섯 곳이 한 묶음이다. 하나의 도시를 건설하기 위해 필요한 기지 여섯 곳이 일정한 간격을 두고 설치되어 있다. 현재 제2지구에는 세 개의 도시를 건설하기 위한 계획이 진행 중이고, 우리는 세 번째 도시를 건설할 예정지 주변에 만든 기지에 와 있다. 따라서 에덴 16기지는 에덴 13기지와 어느 정도 거리를 두고 자리 잡고 있다. 꽤나 떨어진 거리에 있는 16기지에서 일어난 폭발이 이런 진동을 일으켰다면 폭발의 규모가 상상 이상이었다는 뜻이다.

이곳에 화약무기는 일절 없다. 에덴의 아침 프로젝트를 진행하면서 처음에 과학자들은 우리의 안전을 지키기 위해 무기를 실어서 보냈다. 그런데 웜홀을 통과하면서 무기가 문제를 일으켰다. 상태가 불안정해지면서 폭발해 버린 것이다. 아주 작은 양의 화약도 통과하지 못했다. 마치 공항 검색대에서 무기를 걸러내는 것 같았다.

화약무기가 없는데도 이런 진동이 느껴질 정도의 폭발력이라니, 믿기지 않았다. 놀란 가슴을 채 진정하기도 전에 또다시 세 번째 진동이 전해졌다. 세 번째 폭발이 일어난 것이다.

세 번의 폭발! 제2지구에 정착하기 위한 에덴의 아침 프로젝트에 중대한 위기가 닥치고 있다는 신호였다.

(과학추리단 이야기는 제2권으로 이어집니다.)